たとえば俺が、チャンピオンから王女のヒモにジョブチェンジしたとして。

Story of a "jobless" champion and a princess who together find their happiness.

2

「今、なんと？」

「次の〝契約〟の更新、やめとこー？って話ですよ、姫様っ」
王女とメイドの契約

「フウタの価値を最大限に活かすとしたら、闘剣でしょ？」

「……貴女、もしかして」
商会〈経営者〉との交渉

「今までの俺の言葉は全部嘘だ」

「ライラック様もキミを待ってる。
——必ず助け出す」
檻に隔てられた二人、ヒモとメイドの約束——

Setlist

Story of a "jobless" champion and a princess who together find their happiness.

………第一話………
底抜けに明るい楽しい音楽の調べを耳に。
006

………第二話………
たとえ、誰も望んでいないとしても。
075

………第三話………
メイドのねがい
146

………第四話………
困るよ。
166

………第五話………
〈無職〉を魅せる方法
219

………第六話………
生きたい、りゆう。
249

………エピローグ1………
王女様のお片付け
282

………エピローグ2………
おかえりは、いつもの場所で
294

あとがき
306

ボーナストラック
308

たとえば俺が、チャンピオンから王女のヒモにジョブチェンジしたとして。2

藍藤 唯

ファンタジア文庫

3013

口絵・本文イラスト　霜降（Laplacian）

『──〝契約〟をしましょう』

『──生きたい理由も、死にたい理由もないのでしょう』

『──ならその力、わたしの為《ため》に振るって下さい』

『──まずは一年。更新するかは貴女《あなた》の自由』

『──ここで無為に命を散らすくらいなら、わたしの役に立ちなさい』


『役に立てば、なんか変わります？』


『──さぁ？　そんなもの、わたしに分かるはずがないでしょう』

『──わたしはただ、放っておけば腐り落ちる果実を拾いにきただけです』

『──否《いな》と言うならこの場で果てろ。応と言うなら、まあ、〝可能性〟は残りますか』

『ぷっ。あははっ。可能性、可能性！　そんなもの──この十と余年、どこにもありませんでしたよっ？』

『そんなものに縋《すが》れと、貴女は言う感じですかねっ？』

『──は？　自ら模索しない者に道を拓《ひら》いてやる道理がどこにありますか。見苦しいですね。これだけの過酷を受けていながら、貴女はただ救いを待っていると？』

『どうでもいいだけですよ。死にたいの？』

『──わたしは、生きたい』

『……』

『──わたしが生きるために、貴女の力は有用です。これは、わたしが貴女を利用する一方的な提案です。貴女のメリットなど、考えていません。だって』

『──求めるものが本当に無いのなら、利を提案する意味なんて無いでしょう？』

『あはは』

『いいですよ』

『しばらく、使われてあげるっ』

たとえば俺が、チャンピオンから王女のヒモにジョブチェンジしたとして。

第二幕【たとえば俺が、落とされる処刑の刃と打ち合ったとして。】

——物語の幕が開《あ》け、剣士来たりて、頂に挑む。

第一話　底抜けに明るい楽しい音楽の調べを耳に。

「めいどー！」

その日の朝も、元気よく扉が開かれた。

ノックのノの字も無い辺りは〈侍従〉として壊滅的だろうが、残念ながらというべきか彼女は〈侍従〉でもなんでもない、しかしメイド、という謎の存在である。

「そんな、毎度ー、みたいに」

「んえー、でもでもフウタ様っ、挨拶が出来て一点、メイドですよって主張出来て一点、〆《しめ》て百点満点じゃないですかっ」

「残りの九十八点はどこから出たんだ」

「そりゃもう、決まってるじゃないですかーっ！」

扉の向こうから、雑に引っ張り込まれたワゴン。

温かく優しい、それでいて食欲を刺激する香りが部屋に吹き込む。

「メイド産、食糧庫の中のものあり合わせあさめしせっとー！」

「コローナ」

「はいはい、こちらお騒がせお掃除メイド。スープに指でも入ってたかー？」

「さらっと恐ろしいこと言うな⁉　……そうじゃなくてさ」

私室のローテーブルに鮮やかにサーブされていく朝食は、いつもいつもレパートリーに富んだ代物だ。フウタには名前の分からないものもちょこちょこと存在する。

刻んだ玉ねぎの載せられた薄切りステーキをメインに、パティが分厚くオリーブを載せたハンバーガー、魚のパイに数種の野菜のテリーヌ。香りの良《い》い透き通った黄金色のスープに、ふっくらと焼かれた白パン。

ライラックをはじめとした王侯貴族の口に入る料理に比べれば手間のかからないラインナップではあるものの、それをフウタが知る由《よし》もない。

彼の目にはいつもいつも、コローナの用意する食事が美しく見えた。

あり合わせ朝飯セット、などと言うにはあまりにも豪華だった。

「いつも食べたことないようなものばかりで、あり合わせなんて言うのは勿体《もったい》ないよ」

「ふむー」

気の抜けた声を漏らした彼女を見れば、どこか思案顔。

「どうしたんだ？」

「ぶっちゃけー、ほんとにあり合わせではあるんですよねっ、これがっ」

「そう……なのか？」

「そーそー。たとえばこれとこれとか」

彼女が示したのは、いざフウタが食べようとしていたステーキと、野菜のテリーヌ。

「その肉、貴族の人たちは食べないけど、メイド的に美味《おい》しいと思ってるとこですね。よく分かんないけど玉ねぎと合わせるとやわっこくて美味しい。あとその野菜ごちゃ混ぜ固めですけどー」

「野菜ごちゃ混ぜ固め」

「基本的に王侯貴族みんな野菜食べないんですねっ。メイド的には、野菜食べてる奴《やつ》の方が長生きしてるイメージなんですけどっ。文化の違いっ！」

いぇいいぇい、と両手でピースして動き回るコローナ。こんなメイドがちょろちょろしていたら食事中も落ち着けないと思う貴族が大多数だろうが、残念ながらフウタにとっては最早《もはや》当たり前の光景だ。誰かと一緒に食事をするとは、つまりこういうことなのだ——という間違った認識まで生まれつつあるフウタだった。

「文化の違いか。すげえ美味しいんだけどな。これが食べられないのは不憫《ふびん》とさえ思う」

「まー、その辺は向こうもそう思ってますよーっ。貴族の口に入るものは、下々には食べられないものなのだー！　って」

「そうか」

「メイドは普通につまみ食いしてますけど」

「台無し！！！」

バーガーをフォークとナイフで捌《さば》く。

じんわりと溢《あふ》れてくる肉汁が、朝からだというのに食欲をそそった。

「フウタ様、結構食べるし肉好きですし。メイドは作ってるだけでお腹《なか》いっぱいだぞっ」

「いや、本当にありがとうな。……でもこの前も聞いたけど、ちゃんと食べてる？」

「食べてる食べてる、気が向けばいつでも食べてる食べてる」

「……」

じ、とフウタの視線がコローナを捉える。

「この前くるくるした時、割と本気で思ったんだけど」

「お、なんだなんだー？　やるのかー？」

「何を!?　……じゃなくて、本当にご飯食べてるよな？」

「食べてますよー？　食べないと動けなくなりますしーっ」

「……なら良いけどさ」

首を振って、ハンバーガーを片づけるべく食事を進めるフウタ。

元々が健啖《けんたん》家で、この二月ほどでどんどん体重も戻ってきた。

殆《ほとん》ど全盛期に戻りつつある身体《からだ》は、コローナの作った料理を次々と平らげていく。

「気持ちの良い食べっぷりですねーっ。作り甲斐《がい》のあるやつめー」

「どれもこれも、キミの作る料理が美味しいからだよ。……文化の違いって言ってたけど、コローナってどの辺の生まれなんだ？」

「そのへーんっ」

「……いや、言いたくないなら良いけどさ」

「女は秘密を着飾って美しくなるのよ、坊や」

「だからちょいちょい出てくる貴婦人誰なんだよ」

「ぺろりんっ」

無理に話させる理由も無い。

彼女を不快にさせたい気持ちなど、これっぽっちも無いのだから。

しかし、ふと思った。コローナが食べているというのであれば、無理に何かを食べさせることは出来ない。単純にフウタが要らない心配をしているだけなのだ。

けれど、一つ。フウタが安心出来る方法を思いついた。

「コローナ」

「ぴっ？」

「良かったらなんだけどさ」

——俺に料理を教えてくれないか。

自分が作ったものなら目の前で食べてくれるのではないか。そんな期待が少しあった。

『何で御礼《おれい》言われるのか分かんないけど、メイドは言葉よりモノが好きです。感謝してるならご飯奢《おご》れー？』

『俺が稼いだら奢る奢る』

いつか告げた事。奢るとは少し違うけど、日頃の感謝の気持ちは、もっとあった。

「コローナちゃんのぉ、やりたい放題くっきんぐー！」

「おー」

ぱちぱち、と手を打つフウタ。ここは王城にある厨房《ちゅうぼう》の一つ。賄い用に用意されたこの厨房を借りて、フウタとコローナは仲良く隣り合って調理台の前に立っていた。

「本日の食材はー、こちらっ」

「えーっと……すげえデカい魚だな」

フウタが見たこともないほどの大きさの魚が、盛大に横たわっていた。

「こんな新鮮な魚、どうやって持ってきたんだ？」

「さっきまで腐ってたっ！」

「なるほど……録術か……便利な……」

海の魚だろうか。少なくとも、コローナの両手を広げたサイズ——ウィングスパンほどの体長と、彼女が抱えられるかどうかという幅を持っている。

「これは？」

「きんぐぽいずんっ！」

「は⁉　猛毒の魚じゃないか‼」

キングポイズン——東側の海でしか獲《と》れない特殊な魚だと聞いたことがあった。

「ちっちっちー」

「何がだよ」

「食べれるところは美味しいんですよっ」

「……ほんとに？」

「ほんとほんとっ！　メイド、散々試したから大丈夫っ！」

信じろ！　と良い笑顔を向けるコローナ。

彼女は長剣のような包丁を取り出すと、まず魚の両眼をむんずと摑《つか》んだ。

「魂抜けきってるから生きては無いけどー。それでも口に手ぇやるとめちゃめちゃ噛《か》まれるかもだから気をつけれー？」

「噛まれる……？　うわ、なんだこの牙⁉」

恐る恐る口元を覗《のぞ》くと、たった二本の牙があった。だがその牙というのが太く平たく
……そう、まるでギロチンのように大口を開けて待っていた。

「嘴《くちばし》は茹《ゆ》でると美味《んま》い。とりあえず〆ちゃうぞっ」

「〆るって――」

どういうことだ？　と聞くよりも先に、勢いよく包丁が振り下ろされた。

魚の脳天に一撃、ずどんと。

「これで、流石《さすが》にもう動かないでしょう。いただきます」

何故《なぜ》かここでカーテシー。一度目を閉じるコローナだった。

「何を」

「お前の命が晩御飯。かーんしゃっ」

「なるほどな……。じゃあ、いただきます」

改めてその長剣のような包丁で、彼女は魚の腹部を開いていく。

「わっせわっせ」

「手慣れてるなー」

「ほれ、これたまごっ。猛毒っ」

腹部を切開し、取り出した白い塊のようなもの。それがもうコローナが両手で抱えるサイズなのだが、ぽいっとフウタに手渡した。

「そんなべたべた触っていいものなのか……？」

「食べなきゃ平気ですよ。これ内臓っ。猛毒っ」

「ぽんぽん渡すな……」

するすると包丁を入れて、キングポイズンの皮を剝いでいくコローナ。

ちぇりおっ、という掛け声と共に尻尾付近からべりべりべりっ。

魚を捌く姿に一切の迷いがない。

「これも猛毒っ」「これも猛毒っ」「これも猛毒っ」

ぽい、ぽい、ぽい。キングポイズンを解体して、本当に身だけになる。

そして、その身を手に取って、彼女は笑顔を向けた。

「……まさか、それも」

「これは――だらららららあー、だん！　美味しいっ」

「そうか……良かった……ようやく食べられるところが……」

「ここ以外は食べられないとも言《ゆ》うー」

「なるほど……で、どうするんだ？」

「揚げりゅー」

ざくざくと刻んだ魚の身に「てきとー」と言いつつスパイスを振りかけていくコローナ。

その手順もおそらく本人の中では決まっているのだろう。分量にも少しも迷いがない。

「あとはパン粉につけて揚げるだけー。簡単だろっ？」

「いや……なんだろうな」

そこでようやく、フウタの戸惑いに気が付いたらしく、彼女は振り向いて首を傾《かし》げた。

「どしたー？」

「そう簡単にまね出来るものでもなさそうだなと」

「フウタ様なら、もほー！　とか言って出来そうだけどっ」

「いやいや無理無理」

目の前にいる相手でもないのに、模倣することは出来なかった。それに。

「うっかり毒を間違えたりしたら、コトだ」

「あはは！　べーつに平気ですよフウタ様っ」

「なんでまた」

「別に毒で死ぬなら、録術でどうにかなりますしっ」

「そ、そうか。なるほど……ん？」

「ん？」

「……この魚も、試したのか？」

　ぱちくりぱちくり。

「そりゃそーですよーっ。どこが食べられてどこが食べられないのか、他に試す方法なんかありませんしーっ」

　フウタは少し押し黙り、コローナを見つめて告げた。

「なぁ、コローナ」

「はいはい、お騒がせお掃除メイドのコローナちゃんですよっ」

「なんだか心配になる。命は大事にな」

「もちろん、命が無くなりゃ出来ることも無くなるぜー！」

　いえーい、と拳を突き上げる彼女からは、全くと言っていいほど危機感は感じられず。

「そんなことよりフウタ様っ、揚げたてですよ揚げたてっ！」

　絶えず、楽しそうな笑みを浮かべていた。

†

「……コローナが心配？」

「ええ、少し」

「です、か」

そっとティーカップを置いたライラックは、思案気に唇を撫《な》でた。

ドーム状になった高い天井と、広い部屋。

ここは、初めて王城を訪れた際に、一時的にフウタが匿《かくま》われていたライラックの私室だ。

定期的というほどではないにせよ——星空の下の誓いから早二月。初めて気を許せる相手が出来たライラックは、そこそこの頻度でフウタを呼び出しては茶会をしていた。

取り立てて、密談というほど小難しい会話をするわけではない。

紅茶とお菓子を置いたテーブルを挟んで、昼の休みを共にする。その程度のものだ。

「確かにあの子は、少しぶっ壊れていますが」

「あ、そういうことじゃなくてですね」

何気に酷《ひど》い王女様であった。

首を振ったフウタは、困ったように少し言葉を選ぶ。彼女の元気が空元気に見える、というわけでもない。別段いつもと様子が変わったわけでもない。どちらかと言えば、彼女が纏《まと》う違和感が表面化してきた、といったところだろうか。

自分のことで手一杯だったいつかと違い、段々と視野が広がってきた今だからこそ思うコローナの危うさ。それは言葉にするのが酷く難しい。

「なんだろう……危機感がないというか」

「ああ、そういう話ですか」

「分かるんですか？」

「……それなりに長い付き合いですからね」

フウタ越しに窓の外へと視線を投げる彼女の瞳は、細く。彼女自身も思うところがあるように、ライラックは小さく呟《つぶや》いた。もうじき、少女二人が出会って三年になる。

「フウタ。貴方《あなた》は、コローナをどう見ていますか？」

「え。どうって言うと……」

曖昧ながら、なんとなく意図は伝わった。コローナという少女の人物評。口下手ながら言葉を整理して、フウタは一度閉じた目を開く。

「俺にとっては、もう一人の恩人です。人の為《ため》に本気で怒れて、その場の雰囲気にも敏感で、いつも明るくて心優しい女の子だと、思ってます」

「なるほど。そこまでは、あまり心配の要らない気立ての良《い》い少女という感じですが？」

「……ですね。なんだろう。俺が気にしすぎなのかは分からないんですけど、少し自分のことをそっちのけにしている感じがあるというか。うん、多分それが不安なんですよ」

「です、か。思ったよりよく見ていますね」

「あ、ありがとうございます」

　そっと紅茶のカップを傾けるライラックは、一つ息を吐《つ》く。彼女の表情は曖昧だ。疲れているとも取れるし、やるせないとも取れる。

「ライラック様も、コローナが心配なんですね」

「……いえ。そういうわけでもないのですよ」

「えっ」

「単純な話です。彼女はわたしと〝契約〟を交わした信用できるメイド。彼女に欠けられては、次を探すのが手間というだけの話です」

「……そう、ですか」

「そんな顔をしないでください。フウタに随分と懐《なつ》いているのは知っています。わたしが彼女をどうこう、ということはありませんよ。三年も付き合えば、彼女が敵かそうでないかくらいは分かりますから」

それで、とライラックは言葉を続けた。

「彼女の、少し人と違う部分については、口でどうこう言ったり、一日ですぐに直ったりするものでもありません。だからもし、フウタが思うところがあるのなら」

「あるのなら？」

小気味良い相槌《あいづち》に満足気に頷《うなず》きながら。ライラックは空のカップをソーサーに戻して、真《ま》っ直《す》ぐにフウタを見据えて言った。

「貴方が、長い目で見てあげてください。そうですね……きっと」

その瞳を見つめて、フウタは少し怪訝《けげん》に思った。僅かに揺れる、羨望《せんぼう》の色。ただ、それをフウタが気にして口にするよりも早く、彼女は続けた。

「貴方なら、見つけられるのかもしれませんね」

いつかを思い返すように、重い吐息とともに部屋の空気に溶けて消えたその言葉。

フウタには、ライラックの真意はまだ読み取れなかったけれど。

「期待していますよ、フウタ」

そう言われては、フウタも否《いな》とは言えなかった。

「分かりました。長い目で、ですね」

フウタにタイムリミットは存在しない。せっかく、いつまでも居て構わないと、目の前の彼女から告げられたばかりなのだ。ならその用意された時間をたっぷり使って、一つ一つ不安も拭っていこう。そう誓って、頷く。

「せっかくなら、王女様もご一緒に」

「わたしも？」

「はい。勿論《もちろん》です」

水を向けられるとは思っていなかったのか、彼女は少し驚いたように目を丸くした。

「俺は、王女様とコローナにも、ずっと仲良く居て欲しいですから」

「…………」

分かりました、とすぐに返事が返ってくるとは、思っていなかった。ただ、それにしても長い熟考。フウタが見つめれば、少し俯《うつむ》いていた彼女は顔を上げて微笑《ほほえ》む。

「そうですね。出来ることなら」

その言葉が、本当か嘘《うそ》かフウタには判別がつかないけれど。

なんとなく、本心のような気がした。

†

その数日後――使用人用厨房《ちゅうぼう》。

「ぐす、ひぐっ……うう」

しゃくり上げながら腕で顔を覆って俯いていたコローナが、鼻水をずびーっとやって顔を上げた。

「フウタよ……！」

「は、はい。コローナ先生」

呼び方は強制されていた。

「もう、お前に教えることは、何もない‼」

「え、もう終わり⁉」

「免許皆伝、おめでとう！　辛《つら》い修業をよく耐えた……‼」

「皮むきされた野菜を切ってただけなんだけど⁉」

目の前には、ぐつぐつと煮込まれるシチュー。スパイスも下拵《したごしら》えもてきぱきとこなした彼女は、幾つかの野菜を切っていただけのフウタにそう告げた。

「まーほら、あれですよフウタ様」

先ほどまでの耐えるような泣き顔はどこかに消えて。

けろっとしたいつも通りの緩いメイドフェイスで彼女は言う。

「スパイスの分量は味見して自分で覚えるしかないですしー？　野菜切るサイズさえ憶《おぼ》えちゃえば、あとは繰り返せばうまくなりますよっ」

「そんなに大事なのか、サイズ」

「そですねー。火加減とかよりよほど大事。それだけは一定に出来るようにしておけばーと思ったんですけどっ」

コローナはフウタの手と、握られた包丁を見て言う。

「刃の扱いに関してはやっぱり流石《さすが》ですね、フウタ様っ」

「なる、ほど。だから免許皆伝なのか……」

「そゆことっ！　あとは慣れろー？」

わっせわっせとポンプで水を送るコローナと、立場を変わる。彼女も慣れてはいるのだろうが、目の前で力仕事をするコローナをじっと見ている理由は無かった。

洗い物に移ったコローナは、ふと首を傾《かし》げる。

「で、なんでまた急に料理っ？　聞いてなかったけどっ」

「ああ、いや。前に言ってたじゃん、御礼《おれい》はモノが良いって」

「ふむー」

いつもの、気の抜けた鳴き声。洗い終わったまな板をぽいっと壁に掛けてからフウタに目をやって首を傾ぐコローナの金の二房が、同じく疑問符を浮かべてこてんと揺れた。

「メイドになんか御礼？」

「そうだね。本当に色々お世話になってるし」

「なるほどなるほどっ。じゃあ、あれですねっ」

にこっと微笑んで、彼女は続ける。

「十日後に、フウタ様の手料理が楽しめると良いですねっ」

「……十日後？　なんでまた」

「へいへーいフウタ様ーっ、免許皆伝とはいえ、道は一日にしてならずだぜー？」

「なるほど……分かった、十日間で修練を積むか！」

フウタは、基本的に暇だった。

「おー、良い気合ですねフウタ様っ！　どんどんうまくなれー？」

「よし……コローナ先生の教えを、活《い》かす！」

「その意気だー！」

拳を突き上げ笑顔のコローナに、フウタも力強く頷く。奔放で楽しそうな彼女とは裏腹に、フウタはまるで使命を果たさんとする勇者のような面持ちであったがそこはそれ。

「まずは鍛錬だ。えーっと……野菜はこれとこれと、これだな」

「それ、使う食材と似てるけど、切ったら臭い上に煮たら溶けるからやめとけー？」

「こんなところに罠《わな》が……!!」

ばかな……!!　と険しい表情でフウタはその野菜を睨《にら》んだ。だがこんなところで足踏みしていては、十日後にコローナを喜ばせることなど出来ない。無才に許されているのは努力のみ。そう、鍛錬を積むのだ。胸に刻んで、フウタは真剣に食材を見繕い始める。

そうして悪戦苦闘するフウタの背中を、コローナは珍しくも大人しく見つめていた。

「コローナ！　皮剝《む》きも結構上手《うま》く出来そうだ！　見てくれ！」

「……」

「コローナ？」

「お？　おー、先生を付けろー？　なんだーなんだーなんだなんだー？」

「……いや、皮剝きが上手くいったなと思ってさ」

ててて、とフウタの隣にやってきた彼女は、蛇のように剝かれた皮を摘まみ上げると。

「お前の考える一番の薄剝きをすると良いですねっ。極めるまで、なっげーぞー？」

ぴ、と笑顔でピースサイン。そんな彼女を見下ろして、フウタは一度目を瞬《しばたた》かせると。

「……体調悪いのか？」

目を合わせれば、虚を衝《つ》かれたような彼女の真顔。

「コローナが上の空なんて珍しいし。もしアレだったら王女様に話をして――」

「別に大丈夫ですよっ。ほんとほんとっ、メイド超元気っ！　それにほら、姫様に話をしたところで、とうとうあのメイドも利用価値がなくなりましたか、ぺっ、とか言うに決まってるじゃないですかーっ」

「王女様を何だと思ってるんだお前!?」

「寝物語のラスボス？」

「ドラゴンか何かか」

「ちっちっちっ。もっとなんか、ドラゴン倒したあとに出てくる、ドラゴン騙《だま》してけしかけた人間パターンのやつですよっ」

「凄《すご》い悪い奴《やつ》じゃないか！」

「ぺろりんっ」

いつも通りのお転婆な彼女の表情が、この話を打ち切ろうとしているように感じられて。

フウタは小さくため息をついて、続けた。

「もしなんかあったら言ってくれよ。キミが倒れたりしたら、俺は――」

「『ふっ、所詮は武人ですらないメイド……ざこめ』とか？」

「言わねえよ！！！」

「まー、メイドが倒れるようなことはありませんよっ。メイドの魔導術を忘れたかー？」

「あれって、自分のことも戻せるのか？」

「子供時代のメイド見たい？」

「え、いや、それは……ちょっと」

「すっけべー！」

「なんでだよ！！！」

けらけらとコローナは笑って、踵《きびす》を返す。

「ちょっと姫様に呼ばれてるんで戻りますねっ。晩御飯食べたいものありますっ？」

「コローナが作ってくれるものなら、何でも」

「作り甲斐《がい》のないやつめー」

やれやれと手を皿のようにして、金の二房をふりふり、コローナは外へ出ていった。

「……やっぱちょっと変だよな」

少し考えて、フウタは目の前の調理台と相対する。

「あとでまた王女様に話をしよう。──まずは‼」

日頃の御礼のためにも、この料理を頑張ろう！

そう、いそいそと火加減を調整しにかかるフウタだった。

†

──王女執務室。

薄暗く、陰気が漂う北側の私室は、ライラックが自ら選んだ仕事部屋だった。

少し肌寒さも感じるようになってきた時期。

部屋の隅で音楽を奏《かな》でるオルゴールは、しんしんと降る雪を思わせるお気に入りの音色。

デスクチェアに腰かけ、筆を走らせていたライラックは、ふと顔を上げた。

「今、なんと？」

「ほ。姫様の驚いた顔とか、初めて見たかもですねっ。記録しておけば良かったかー？」

ぺろりんっ、といつも通りの笑顔を見せる、自らのメイドを睨みつける。

「えー。何度も言わせるなーとか、姫様がよく言う台詞《せりふ》じゃないですかっ」

「確かに、わたしの言に耳を傾けない人間は嫌いです。ですが、今のは聞いていなかったのではない。万が一にも聞き間違いなどあってはならないと判断しての問いです」

「ぶー。ですからーっ」

彼女はあっけらかんと続けた。

「次の〝契約〟の更新、やめとこー？　って話ですよ、姫様っ」

「…………」

目を眇《すが》め、疑念を隠そうともしないライラック。

漏れだした彼女の闘気を受けてなお、にこにことした笑みを崩さないコローナ。

静かに、オルゴールの音だけがもの悲しく鳴り響く。

「……そう、ですか」

ライラックは瞑目《めいもく》して、声を押し殺すように呟《つぶや》いた。

「貴女《あなた》には、一定の信を置いていたのですが」

「三年くらい？　けっこー楽しかったですよっ」

「所詮は双方合意のもとに交わされた〝契約〟。貴女がもう良《い》いというのなら、わたしに止める権利はない。どこへなりと、消えなさい」

「へいへーいっ。ほんじゃー、どこに行きましょうかねー」

「行き場を見つけたのではないのですか」

「さてはて、教えませんよーっ。姫様ったらすーぐメイドのすべてを丸裸にしちゃうんだからーっ。いやんっ」

渾身《こんしん》の笑顔も、冷氷の如《ごと》き瞳に見据えられ続けてはいたたまれなくなるもので。

無言に耐え切れなくなった彼女は自らを抱きすくめていた両手を下ろし、困ったように微笑《ほほえ》んだ。目の前の王女が思ったよりも別れを重く捉えていたのが意外だった。

「なんか言えよっ？」

「……これは、貴女が寄越《よこ》したものでしたね」

冷たく美しい音色は、お気に入り〝だった〟代物。二人の視線を向けられても、何事もないように音を奏で続けるオルゴールは、案外胆《きも》が太いのかもしれない。などと、メイドは余計なことを考えて笑う。余計なことを考えないと、なんだか寂しさが勝つ気がして。

「そでしたねー。なつかしー。メイドの録術で保存しためろでぃー。なんと、お値段無料っ！　お得！　めいどー！」

おー、と拳を突き上げても、取り合って貰《もら》えないのはもう分かっていること。

ゆるゆると手を下ろせば、冷たい蒼《あお》の双眸《そうぼう》が静かにコローナを捉えていた。

「では、〝契約〟はあと十日で終わり。その後のことは、関与しません。良いですね」

「はいはい、おっけー。気にしなーい。そんじゃ、残り十日間だけ世話になるぜっ！」

「はい。――下がりなさい」

「ほなまたー」

とてて、と駆けて、コローナは部屋を後にする。

取り残されたライラックは、小さくため息を吐《つ》くと、未《いま》だ鳴り響くオルゴールに目をやった。唇をそっと撫《な》でて、ライラックはしばし思考に耽《ふけ》る。

「――何故《なぜ》、急に」

彼女の言動。去年との環境変化。これから起こりうる未来。彼女の周辺に起きた事案。この先の予想図と、それに伴う彼女が受ける影響。

しばらくの思考は、部屋に躍る音色を意識から排除して。かちりとピースがハマって、ライラックは目を細めた。手元で進めていた仕事のスクロールを見つめ、呟く。

「なるほど。おおよそ……フウタを気にかけて、ですか」

目を閉じる。コローナの思考はだいたいトレース出来た。急な暇《いとま》は、あの青年に思うところがあるが故。それが分かったところで、ライラックは思う。

彼女を引き留めるべきか、と。――その答えは、やはり否《いな》。

所詮、友愛とは無縁の利害関係。彼女が自分のもとを選ばなかったというのなら、彼女にとってライラックへの信頼がその程度だったというだけのこと。

そう、それだけのことだ。たとえ、美しい音色がお気に入りであったとしても。

「――縛って味方に付けた人間ほど、後の害になるものはないのですから」

〝契約〟が終わる以上、これからは居ないものとして計画を立てるだけのこと。

そう、ライラックはオルゴールの蓋を閉ざした。

「――王女様。お呼びですか？　フウタです」

「入ってください」

失礼しますと一声挟んで入ってきた長身痩軀《そうく》の青年を、席を立って出迎える。

入るなり、少し部屋に違和感を抱いたように首を傾《かし》げ、周囲を見渡していた彼に、ライラックはそっと声を掛けた。

「とりあえず、お茶を淹《い》れますか？」

「そうですね。フウタも少しは腕を上げてくれないと、この先困りますから」

「いやまぁ……最悪コローナに頼みますよ」

お茶を淹れるための熱湯は、ケトルに入れて持ってきていた。ここ最近行われるフウタとライラックの茶会は、場所は転々としつつもやることは変わらない。コローナが居ないところでは、フウタが率先して淹れるようにはなってきたものの――腕はまだまだ。

だからこそその彼の発言に、しかしライラックは何も言葉を返さなかった。

「今日は執務室からは出られそうにない感じですか？」

「――このあとの予定を考えると、そう長い休憩も出来ないものですから」

ローテーブルに出したティーカップを温めながら、フウタはライラックに目をやった。

デスクの上を片づけている彼女の表情にはどこか影があるように見える。

「予定ってことは、誰かと会ったりですか」

「ええ。性根のねじ曲がり切った〈経営者〉と話をしなければなりません」

「それはまた……凄い人物評が飛び出しましたね……」

「事実ですからね」

執務室にある上等な茶葉を、専用のポットで蒸らすこと少し。

砂時計の落ちるタイミングに合わせて、ゆっくりとカップに注《つ》いでいくフウタ。

「その人と、何か企画を？」

「企画、ですか。率直ながら良い言い回しですね。ええ、そうです。その〈経営者〉が王都での商業を牛耳っている首魁《しゅかい》ですので……ぁ、美味《おい》しい」

サーブされた紅茶を一口、思わずといった風なライラックの言葉に、フウタは驚く。

「少しは上達しましたか⁉」

「ええ。悪くありません。……まあ、これからが楽しみという程度ではありますが」

「……ぐっ。料理だけじゃなく、お茶も学ぶ必要があるか……」

すまし顔のライラックは、拳を握りしめたフウタを見つめて小さく微笑んだ。

「ふふ。こんなことに使う言葉ではありませんが、期待していますよ」

「はい」

「そこは、はいではなく。もう少し、気の利《き》いた台詞が欲しいものですね」

「わ、分かりました」

「日々精進、ですよ？」

にこにことカップを傾けるライラック。

「こうして楽しいばかりの茶会なら、いつでも歓迎なのですが」

「今日の予定はそうはいかないと？」

「まあ、この国をぶち壊す片棒を担《かつ》がせるには、ちょうどいい相手ではありますが」

「王女様、発言が些《いささ》か悪に偏ってませんか？」

「偽らざる本心ですからね」

あっさりとそう言って、彼女はケーキスタンドからクッキーを摘まむ。

『この国をぶち壊す』

『職業というレッテルを引き剝がし、全ての人に可能性を見せる。それは秩序の終わり、混沌《こんとん》の始まり。でもわたしは、その混沌は悪くないと思うのです』

『まずは、職業〈貴族〉を平民と同列にし、国王を引きずり下ろす』

あの夜に交わした言葉は、今もフウタの耳に焼き付いている。その性根のねじ曲がり切った〈経営者〉とやらとの会合は、彼女の目的のために大事なものなのだろう。

「国王の帰還が近いものですから、それまでにやれることはやっておきたいのです」

「えっと……王女様の、お父さんですか」

「そうなりますね。まあ、それだけですが」

銀世界のようなその美しい髪を払い、ライラックは立ち上がった。

「良い休憩になりました。紅茶も美味しかったですし……」

対面に腰かけるフウタを見下ろし、彼女はまるで童女のように無垢《むく》な笑顔を見せた。

「わたしの考えていることを、誰かに話すというのは初めての試みですが……話すというのは、自らの思考の整理にもつながるのですね。これは、初めて知りました」

「王女様の役に立てたなら、俺としても何よりですよ」

「そうですか。……そうですか。不思議ですね。それ、本心ですよね」

「はい」

「です、か」

息を吐いて、彼女はデスクからスクロールを幾つか手に取ると。

「今日はわたしの用事が終わり次第、手合わせの時間にしてください。……リヒターに何かを誘われても断るように。良いですね？」

「えっ？　あ、はい。名指し……」

「片付けはコローナにさせます。行きましょう」

一度、部屋の中に重要な資料を残していないか確認をして、ライラックは歩き出した。

フウタはその後を追おうとして、ふと気づく。部屋に入ってきた時も覚えた違和感に。

「そういえば――今日はオルゴール鳴ってないんですね」

彼女の執務室ではいつも鳴り響いていた、雪のような音色のオルゴール。

ライラックは一度足を止めて、フウタに向き直った。

「ええ。先ほど止めましたが。それとも、奏《かな》でておいた方が良かったですか？」

よく分からない問いだった。急に振られた質問を生真面目《きまじめ》に熟考して、首を振る。

「それは王女様の気分で」

「……です、か。ええ、全くその通りです」

銀世界のような髪を靡《なび》かせて、彼女は部屋を出ていく。その小さな背中に、ふと。フウタは何故かどうしても言わなければいけないような気がして、彼女を呼び止めた。

「でも、俺はあの音色、すげえ好きですよ」

ぴたりと、ライラックの足が止まった。

「王女様は、飽きられたとかですか？」

「……さて」

天井を睨《にら》むように見上げ、ライラックは呟《つぶや》く。

「飽きたのか、飽きられたのか。――どうでもよろしい」

そう言って、振り向きもせずに歩き出した。その背を、フウタは。

気の利いた台詞《せりふ》は浮かばないけれど、それでも。

「……王女様？」

何か、よからぬ予兆を感じ取って、目を細めた。

†

財務卿《きょう》リヒター・Ｌ・クリンブルームは多忙である。

――あの御前試合からしばらく。完全に王女に騙《だま》された形となって幕を引いた一件ではあったが、だからといって日々は待ってくれない。

本日も多くの仕事を抱えながら、自宅で出来る仕事を終えて登城してきたところだった。

何人かの貴族と情報交換をする必要がある他、大臣に手渡すスクロールもある。

今日の夜にはようやく一息つけるとはいえ、また明日からも仕事は山積みだ。

この昼にどれだけ用件を片づけられるかが、今夜の安息を得るために重要なのだ。

だというのに、だ。何だろう、この状況は。

「申し訳ありません、クリンブルーム様……」

「ふん。仕事に戻れ。あとは僕がやる」

使用人たちが、とある部屋の外から恐る恐る中を覗《のぞ》いていた。無視することが出来ず声をかけてみれば、やんごとなきお方が中に居てどうしていいのか分からないと来た。彼らに泣きつかれて、見て見ぬふりをするほど薄情にはなれない。仕方なく彼らを追い払い、そのやんごとなきお方とやらの面《つら》を拝んでやろうと厨房《ちゅうぼう》へ足を踏み入れた。すると、だ。

「スパイスは匙《さじ》の大小を使い分ければいいとして、火加減に関しては薪《まき》の量だけじゃなく形と組み方でも変わってくる。これは一つ一つ考察しながらやらないとな。……待てよ。これひょっとして、ソースを混ぜてから火にかけるのと、火にかけてから混ぜるのとでも味が変わってくるのか!?　なんてことだ、試すことが多すぎる。十日間でやれるのか、俺は。いや、やってみせる。コローナが十日間って時間をくれたんだ、それだけあればやれると信じて貰《もら》えたんだ。やるぞ、俺はやる。やってやる」

「……何をしているんだお前は」

調理台にスクロールを広げ、逐一メモを取りながら何やら料理をしている男の姿。すらりとした長身に妙に似合うエプロン。何なら料理教室でも開きそうな勢いだ。

「あれ、リヒターさん。なんで使用人用の厨房に？」

「こちらの台詞だ。使用人たちにも迷惑が重なる。……せめて一言告げておけ」

親指で後方を示せば、フウタも気が付いたようでバツが悪そうに頭をさげた。

「邪魔をしてしまったか。そうか……悪いことしたな。次からはそうするよ」

「別に厨房は一つではない。一つをお前に占拠されようが仕事が滞ることはないだろうが……それで、何故《なぜ》お前が剣ではなく調理器具を振るっている」

フウタを無視したリヒターは、完全に彼のキッチンと化していた周囲を見やる。

「鍛錬には違わないさ」

「いや違うだろ。何を爽やかな顔で世迷言《よまいごと》を」

胡乱《うろん》なものを見る目で、ぴしゃりと言い放つリヒターである。

「殿下の客人が侍従の真似事《まねごと》をするなど、見ていられん」

フウタの手元のメモには、スパイスの分量とそれに対する本人のコメントを始め、びっしりと記されたこれまでの記録。食材を無駄だと思うほど清貧な生活は送っていないが、それでも目の前の真面目男への呆《あき》れが募るリヒターだった。

「日頃の感謝をしたくてさ」

困ったように笑うフウタに、理解が出来ないリヒターが片眉を上げて応じれば。

「ほら、俺って稼ぎがあるわけじゃないからさ、こうして少しでも日頃の感謝を伝えられたらと思って」

愚直な言葉だと、リヒターは少し目を開いた。

感謝の対象はおそらく、コローナであり、ライラックなのだろう。

あのメイドは腹立たしいことこの上ないが、確かにフウタにとっては恩人に値する。リヒター自身、フウタに選択を迫った際にコローナが居なかったなら、おおよそ未来は変わっていただろうことは想像出来た。

だからこその、感謝。道理には適《かな》っている。殿下の客人ともあろう特別な存在が、侍従と同じことをするというのが、リヒターの発想に無かっただけだ。

「……買い与えるのではなく、自ら作ることで日頃の感謝を示す、か」

「リヒターさん？」

ふと、熟考する様子で顎に手を当てるリヒターに、フウタは首を傾《かし》げた。

鍋を煮る火の加減を調整しながら、見上げる視線。

別に隠すようなことでもないかと、リヒターは口を開いた。

「いや、身内に報いるというのは、報酬だけが全てではないのだなと少し」

クリンブルーム家は、王都の財務を一手に担《にな》っている。家で抱え込んでいる文官たちと共に、技術を独占した状態でだ。口止めも兼ねた高い報酬に不平不満が出たことはないし、リヒターがトップに立って以来裏切り者が出たこともない。

だが、リヒターから言葉以外の労《ねぎら》いが無かったのも事実だった。

「……財務卿が金銭や物品を与えるのは拙《まず》い。その点、なるほど。何かを振る舞うという手段が……パーティは貴族だけのものではない……」

パーティとは即《すなわ》ち貴族の社交場であり、情報収集の機会。そう割り切っていたリヒターだったが、自らが部下の為《ため》に主催するのも悪くはないかと思考を練り始める。

難しそうな顔をしたリヒターに、フウタは立ち上がって言った。

「財務大変そうだな」

「ふん、お前には想像もつかないほどにな」

鼻で笑って、リヒターはそう告げる。そして、ぽつりと零《こぼ》した。

「殿下も何をするつもりか分からぬ上に、陛下がお戻りになる。無茶を突き付けられないと良《い》いが——どうなるやら分からんな」

　それは、彼の偽らざる本心。

『——殿下の専横を許すわけにはいかないんだ。国民のためにも』

『殿下の〈職業〉を考えてみろ。国王も騙されている。このままでは国が——』

　誰よりも、ライラック・M・ファンギーニという女を怖《おそ》れているのが、このリヒター・L・クリンブルームという男だった。

「国の安寧を、安定した生活を守る為には、殿下の博打《ばくち》や陛下の無謀に付き合わされるわけにはいかない」

「無謀？」

　思わず顔を上げたフウタに、リヒターは口元を歪《ゆが》ませる。

　ふと思いついたのだ。この状況になった以上、殿下のお気に入りであるこの男に情報を与えておくのは、存外悪いことではないと。

「お前も最早《もはや》無関係ではない。というか、もうお前から言ってくれ」

「俺から何を言えばいいんだ。リヒターさんが言うのと、大して変わらないと思うけど」

「馬鹿を言え。良いか」

　諭すように、リヒターは続ける。

「自分の意見を伝える時には、正面から言うよりも、誰かを介したり手紙だったりを使ったりした方が効果的なこともあるんだよ」

「……なるほど？」

「特に手紙は良い。遮られることなく想《おも》いを伝えられる分、自分の全てが伝わりやすい」

「じゃあ、手紙を書けばいいんじゃ」

「もうやった」

はぁ、と露骨にため息を吐《つ》くリヒター。

フウタは一人、「なるほど手紙か」などと呟いていた。

「こっちはただでさえ国王陛下から戦費予算を組まされそうなんだ」

「戦費？　戦争でも起こす気なのか⁉」

「声が大きい。今、王国の財政は火の車なんだよ」

使用人の厨房が、いつの間にやらやんごとなき方々の密会現場になったなど、侍従たちは知る由《よし》もないが。嫌な予感に眉をひそめたフウタは、誰が居るわけでもないのに小声でリヒターに問うた。とてもではないが、歓迎できる事態ではない。

「それで戦争って、いくらなんでも」

「僕としても是非勘弁していただきたいね。そんなことを言えるような状況ではないが」

なんでだよ、と呟くフウタにリヒターは口角を上げた。自嘲のようにも、見えた。

「決まっている。陛下と好戦派の規模が、僕の貴族派よりも大きいからだ。議会にかけられたら、僕の意見は封殺されるという寸法だ」

「なっ……」

「まあ、本当にどこかとやり合うことになったら、お前の腕には期待している」

ふ、と力なく笑って、リヒターは背を向けた。去り行く背中に、フウタは眉を下げる。

「……何だか最近、嫌な雰囲気ばかりだ」

一度目を閉じて、ぱちぱちと薪《まき》の爆《は》ぜる音に耳を傾けた。コローナの調子もおかしいし、ライラックもどことなく不機嫌だ。おまけに戦争が程近いと聞いては――。

しかし思うところもあった。

経済的に逼迫《ひっぱく》しているから戦争を吹っかけて征服しよう、という発想ならば。

『ええ。性根のねじ曲がり切った〈経営者〉と話をしなければなりません』

『企画、ですか。率直ながら良い言い回しですね。ええ、そうです。その〈経営者〉が王都での商業を牛耳っている首魁《しゅかい》ですので……ぁ、美味《おい》しい』

『国王の帰還が近いものですから、それまでにやれることはやっておきたいのです』

ライラックは、そのために動いているのではないか、と。

この先への不安を、王女殿下への希望で埋めて、フウタは顔を上げる。

とはいえ、ライラックとの話を、リヒターにするわけにもいかない。

だが、こと戦争云々《うんぬん》に関しては、フウタの面持ちは比較的明るかった。

「本当にやることになったら、俺も王女様のために戦うよ」

「そうか」

それだけ言って今度こそ厨房を出て行こうとして、彼はふと思い出したように振り向く。

「ところで今夜は暇か？」

おそらくは、手合わせの誘い。だがフウタは首を振った。何せ——。

「今日は、リヒターさんに誘われても行くなと命令が」

「名指し……だと……⁉」

†

「フウタ様フウタ様フウタ様っ！」

「はいはいどしたの」

夕刻はフウタの私室。日課の鍛錬、剣の素振りをしていたフウタにかかった声に振り向けば。掃除を終えたらしきコローナが、「むふー」と何やら期待に満ちた笑顔を向けて、首から看板を提げていた。しっかりとその看板の文字を読めば――【構って！】と。

「……えーっと？」

「えーっとじゃありませんよフウタ様っ！　メイドはお暇様なのですわ、おほほほほ！」

「お姫様みたいな言い方するなよ。なんだお暇様」

「フウタ様のベッドでころころするしかやることのないメイドの総称！」

「コローナしか居ないじゃないか……」

日課というだけあって、素振りの回数は決まっている。

ちょうど最後の一振りを終えたフウタは、軽く汗を拭うと。

「じゃあくるくるする？」

「お暇様ともあろうお方をくるくるしようなんて、頭が高いですのことよ！」

「敬う気が欠片《かけら》も起きない……。何でも良いのか？」

「何でもいいからメイドの暇潰しに付き合ってっ！」

「そうだなあ」

まだ料理は見せられるレベルではない、とそこまで考えてふと彼女の顔を見る。ほ？と小首を傾げる彼女の表情は、厨房《ちゅうぼう》で会った時よりは元気そうに見える。

なら、シンプルに聞きたい話もあった。

「コローナはさ、商工組合の会長さんって知ってる？」

「あー、あの性格のねじ曲がり切った〈経営者〉さんですねっ」

「共通言語なの⁉」

「どうかしましたっ？　お金の無さそうなフウタ様とは無縁の存在に思えますけどっ」

「お金の無さそうなって……いや、事実無いんだが……」

別にショックを受けるほどではないが、金が無いせいで商工組合の会長と無縁、というのは中々くるものがあったフウタだった。

「性格のねじ曲がり切った〈経営者〉って聞くと、気になるなと。どんなことしたらそんな風に言われるようになるんだ」

「なるほど、女の秘密が気になるお年頃なのね、坊や」

「女だってことも今知ったよ」

「まーあれですよっ。義理とか人情とか、ぺっ、って感じの人ですねっ。浪漫《ろまん》もへったくれもない輩《やから》だぜーっ！」

「ドライなのか？」

「ドライというか。儲《もう》かったもん勝ちみたいなっ？　『騙《だま》されたお前らが悪いのだー！

わっはっはー！』……みたいな人」

「みたいな人」

「そうそう。みたいな人」

やけに声を低くして、舞台の悪役のような台詞《せりふ》を吐くコローナは、次の瞬間にはケロッとしていた。いつも通りの、平常運転だ。

「あ、あと」

「他にもなんかあるのか？」

「姫様の相方ですねっ」

「今までの色々を聞いた後にそれ聞かされるの、凄《すご》い不安だな……」

「たまに楽しくお話ししてますよっ。今日もそうじゃなかったっけ。暖炉の前で二人、安楽椅子に座って足を組んで、『ふふふ』『あはは』と」

「こわいこわいこわいこわい」

そんな危うい人とでも、確かにライラックだったら渡り合えそうだ。

信頼しているからこそ思ったことだが、何だか嫌だと思ってしまうのは、やはりあまり善性の感じられない光景だからだろうか。

「まー、何の話してるのかは教えてくれませんけどねーっ」

「え、そうなのか」

「姫様と繋《つな》がってるの秘密ですし。ほぼほぼバレてますけど、証拠がない、みたいな？」

「なるほど。コロ一ナなら証拠もゲットできるんじゃないか？」

「証拠ゲットしたところで、向こうがメイドの命をゲットするだけだぜ……若いな小僧」

「今度は誰が出てきたんだよ」

コロ一ナは雑にモップを振り回し、キメ顔で言った。

「流離《さすら》いの……無職剣士……名を、フウタ……」

「俺そんな空気だった⁉」

「もっとしょっぱかった」

「しょっぱっ……⁉」

ショックを受けたフウタだった。

と、そこでノックの音。

「フウタ、入りますよ」

「めいど一！」

「だから何でコロ一ナが答えるんだよ」

苦笑いを浮かべながら、ぱたた一と駆けて行ったコロ一ナの後をついていけば。彼女が扉を開くと、ドレスから動きやすそうな簡易軍服に着替えたライラックの姿。

いつもの手合わせの時間だ。

「王女様。いつも言ってますけど、呼んで貰《もら》えればお部屋に行きますよ？」

「単純に手間が省けるのと……わたしはあまり、信用出来ない人間に使いをさせるのが好きではないので。護衛もまた然《しか》りですが」

「それは……分かりました」

信用できる人間、というのが、彼女の中にどれほど居るのか。

それが分からないフウタではないから、頷《うなず》く他無かった。

「コローナはフウタに付きっ切りにさせていますし」

「姫様のご命令でフウタ様に付いてますからねっ！　姫様が仕事終わったことを、心を通わせて伝えてくれればすっ飛んでいけますがっ！」

ぺろりんっ、と舌を出すコローナ。

しかし、そんな彼女を見るライラックの瞳は、あまり感情を浮かべてはいなかった。

「心を通わせて、ですか。なるほど？」

「おっとっとー？　メイドったら姫様の心の声、聞こえないぞー？」

耳に手を当てて、ライラックの胸元に寄せていくコローナの悪戯《いたずら》げな表情。

しかしどうにもフウタには、なんというか〝しっくり〟こなかった。

まるで、今のライラックとコローナの間に、本当に壁があるような。

『心なんて通っていません』『姫様ったら壁貼っちゃってー』

なんて副音声が聞こえてきそうな——とそこまで考えて、やめた。

これが邪推であったとしたら、誰も愉快にならない冗談だ。ただでさえ最近はどうにも二人の様子がおかしいのに、下手に虎の尾を踏みつけたらと思うと目も当てられない。

だが静観するという選択も、フウタには出来なかった。自分にとって大切な二人が、同時に暗い雰囲気をさせているとなれば。フウタにとっては全く受け入れられない事態だ。

「わたしの心の声が聞こえるなんてことになったら、コローナをそのままにしておくわけにはいきませんね」

「いやん、メイドったら何をされちゃうのっ？　メイドのあられもない姿なんて、どこにも需要がないぞー？」

「さて、どうでしょうか。存外需要はあるかもしれませんが……別に、貴女《あなた》にとってはそれすらどうでも良《い》いのでしょう？」

つまらないものを見るような彼女の視線に、ぺろりんっ、と舌を出すコローナ。

しばらくの空隙《くうげき》を置いて、ライラックは視線を逸《そ》らした。まるで興味が失《う》せたように。

「フウタ。行きましょうか。あまり遅くなっては、翌日に支障が出ます」

「あ、はい」

颯爽《さっそう》と歩き出すライラックの後を追い、フウタは扉を潜《くぐ》ろうとして。

ふとコローナを振り返る。

「姫様、フウタ様、いってらー！　ばちばちにやりあってくると良いですねっ！　決闘のあとの熱い友情、交わしてけー？」

変わらぬ笑顔で手を振る彼女。視線を廊下に向ければ、真《ま》っ直《す》ぐ歩き去るライラック。

「あの！　王女様！」

フウタは一度目を閉じてから、ライラックの背中に声をかけた。振り返ることもなく立ち止まる彼女に、フウタは続ける。

「十日後に、あの子に俺の料理を振る舞おうと思うんです。その、日頃の感謝を込めて」

「――十日後？」

王女の視線が、鋭くフウタの背後に向けられる。コローナはといえばどこ吹く風。

「……はい、十日後ですが、予定がありましたか？」

「いえ。……そうですね、日頃の感謝を込めて、フウタの手料理。なるほど。それで？」

「それで、えーっと」

「フウタ」

ピリついた空気の中で言葉を探すフウタに、思いのほか優しい声が掛けられる。真っ直ぐに見つめれば、フウタには緩い笑顔のライラック。

「気の利《き》いた誘い文句を、わたしは待っています」

「あー宜《よろ》しければ。俺は、王女様にも召し上がっていただきたいと思っています」

「……及第点ですね。良いでしょう。では十日後はわたしも加わらせていただきます」

にこ、と微笑《ほほえ》んで、彼女は再び踵《きびす》を返す。「行きますよ」との声は小さく、フウタの耳に微《かす》かに触れるだけ。ライラックを追いかけて歩き出すと同時、彼は後ろを振り返る。

するとコローナは、ぶんぶんと手を振って笑顔で見送ってくれていた。

「メイドは、姫様が一緒なの大歓迎ですよっ、フウタ様っ」

「ありがとう！　じゃあ行ってくる！」

そうして二人が廊下の奥へ消えていくと、コローナは振っていた手をぎゅっと握った。

「思ったより、盛大な見送りになっちゃいましたねっ。まいったなー」

誰にも見せないその表情はどこか、困ったような微笑みだった。

——王城城下、植物園。

夜の帳《とばり》が下りて、満天の星々がきらきらと庭園を照らし出す。

これまでも何度も向き合った場所。そしてあの日。御前試合を経て正式にフウタが王城に賓客として迎え入れられた場所。だが、感傷に浸る余裕はない。

何故《なぜ》なら——既に何度も何度も打ち響く、剣戟《けんげき》を交わす鈍い音。

「——そこっ‼」

《宮廷我流剣術：雷霆《グリジュモッド》》

芝を蹴ったライラックの一撃がフウタの首元を掠《かす》めれば、流石《さすが》の彼もコンツェシュを薙《な》いで彼女の剣を弾《はじ》いた。バランスを崩した彼女に追撃、情け容赦のない刺突の嵐。

《模倣：ライラック・Ｍ・ファンギーニ＝宮廷我流剣術：雨《デシュッツ》》

「ぐっ——」

平時であれば対応できるこの技も、一撃を決めにいった直後では姿勢に無理があった。

それでも五、六と打ち合い凌《しの》ぎ、その果てにコンツェシュを弾かれて終わる。

空を舞い、落ちてくる剣をフウタが掴《つか》んで、膝をついたライラックに差し出せば、彼女は困ったような笑みを浮かべて自らの得物を受け取った。

「わたしもまだまだですね。決めに行くことに気を取られすぎました」

「いえ。以前は避《よ》けるだけで済んだ一撃を、弾かざるを得ませんでした。着実に腕を上げていますよ、王女様」

「……そうですか。そう言われると、少し嬉《うれ》しいですね」

やんわりと微笑んでコンツェシュを仕舞う彼女を見て、フウタは想《おも》う。

何度も何度も、この場所で剣を交《まじ》わせた。その度に彼女は腕を上げている。彼女の言葉を借りるなら、それは、今まで〝格上〟が現れなかったが故。やはり研鑽《けんさん》を積むには、自身と同等以上の存在が不可欠なのだ。この世でただ一人――フウタを除いては。

「さて、それでは終わりましょうか。今日も良い時間になりました」

「お疲れ様です、王女様」

「お互い様ですよ」

――星々の明かりに照らされて。

くすくすと微笑むライラックには、先ほどまでの気迫も闘気も見られない。膝をついた彼女に手を差し伸べれば、緩やかな動作で彼女はその手を取った。

立ち上がり、至近距離で息を吐く雰囲気の柔らかさに、フウタは胸を撫《な》でおろした。

「良かった」

「……どうかしましたか?」

目敏《めざと》くフウタの感情の機微に気が付いたライラックは、長身の彼を胸元から見上げるように目を向けた。蒼《あお》の瞳が星々に反射してきらきらと光り、瞼《まぶた》を少し下げた半眼は、疑念を隠そうともしていなかった。

感情を真っ直ぐ出すようになった彼女は思ったよりも表情豊かで。それでいて、氷のような美しさと一緒に、思っていたよりも幼い顔立ちが引き立っていた。

「フウタ。貴方《あなた》はまさか、わたしに隠し事をすると？」

「ああいや、そんな。大したことではないのですが」

「……大したことかどうかはわたしが決めます。ところで」

半眼のまま、口角を上げて。意地の悪い笑顔で続けた。

「貴方は、わたしを信頼させたいのでは？」

「う」

「貴方に隠し事をされるのは我慢がなりませんね。どんなことであれ、詳《つまび》らかになさい」

「……分かりました。何事も正直に、素直にします」

「ええ。その結果、わたしにとって不利益があったとしても、そうしてください」

頷いたフウタに、ライラックはようやく一歩下がる。詰め寄られていたことにようやく気付いた彼は、そこでどうでも良いことにも気が付いて、「あ」と声を漏らす。

「今度は何ですか」

「いや……そうですね。素直に。正直に。王女様に不利益があったとしても」

「ええ、そうです」

「……至近距離で見る王女様の表情は、思ったより幼くて可憐《かれん》だったたなと」

「おさな……っ」

思わず、たたらを踏むように後ずさるライラック。そして小さく咳払《せきばら》い。星明りがあるとはいえ、少し離れれば表情は見えない。彼女にしては、小賢《こざか》しい撤退方法だった。

「……不利益があったとしても、と言ったのはわたしでしたね。許しましょう。……そんなことはどうでもよろしい。先ほどの妙な安堵《あんど》は何ですか」

「あ、はい。……日中は気分が優れないというか。何だか、機嫌が良く無さそうに見えたので。今はそうじゃないみたいなので、良かったなと」

「……なるほど。確かに、貴方の言う通りです」

納得したように彼女は頷いた。そして一歩前へ、互いの顔が見える位置へと歩み寄る。

その時にはもう、ライラックの表情は平静なものに戻っていた。

「機嫌はよくありませんでした。諸々《もろもろ》の不利益が重なったことが大きいのですが」

「不利益、ですか。俺は、何か力になれることはありますか？」

「何を言うのです。もう十分、貴方と楽しく打ち合ったお陰で気分は晴れましたよ」

「そう、ですか……手合わせで、良かったんですか？」

「――得てして。人は、自らの長所が成した事柄に対する感覚は鈍くなります。ですが、それこそが自身の持つ強み。貴方にとっては〝こんなこと《こんなこと》〟でもわたしにとっては大きなこと。分かるでしょう？」

「……分かりました」

〈職業〉の溢《あふ》れるこの世界では、痛いほど分かる理屈だ。フウタには分からぬことだが、プリムなどはきっと観客を沸かせることに苦労したことなど無い。フウタがどれだけ努力しても得られなかったものを、彼女は当たり前のように持っている。

「ですから、貴方との手合わせが一番気が晴れるというものです。間違っても、リヒターなどに時間を譲っている暇はありません。理解しましたか？」

「あ、はい」

心の中でリヒターに謝りつつ、今後も何度も断ることになるだろうことを予測するフウタだった。と、そこでフウタは昼間のリヒターとの会話を想い出した。

なんでも、近々戦争を起こす可能性が高く、戦費予算がどうこう、と。

「そういえば、王女様。そのリヒターと今日話したのですが」

「ほう、断りましたか？」

「その話じゃないです。いや、断りましたけれども」

リヒターもリヒターでフウタとの手合わせが楽しかったのか、あれから時たま誘われることがある。それがライラックの予定と食い合うとかで、過敏に反応する彼女であった。

ただ残念ながら、フウタが持ち出したいのはそんな明るい話題ではなかった。

「……戦争になりそうだとか」

心配そうにライラックを見つめるフウタ。

けれど彼女はその美しい髪を払って、あっさり言い放った。

「ああ。させませんよ」

「えっ」

「リヒターは他に何か言っていましたか？」

「あ、はい。他に、ですか。財務卿《きょう》として、貴族派としては、戦争は勘弁してほしいと」

「……ほう」

ライラックはそっと目を眇《すが》めた。何かを企《たくら》んでいるような笑みに、夜の影が差し込む。

「なるほど。それはたいそう、都合が宜しい」

「そうなんですか？」

「ええ、それはもう。特に財務卿が貴方を介してわたしに泣きついてきたというのが良《い》い。――もちろん、手合わせとは関係の無い話です」

小さくウィンクして、ライラックは微笑む。彼女の頭の中でどれほどの情報が動いているのかは知る由《よし》も無かったが、それでも彼女の口から戦争の否定が飛び出したことにはほっとしたフウタだった。若干、またリヒターがとんでもない目に遭わされるような気もしたが。――戦争に比べれば些細《ささい》なことだ。

「わたしはこれから忙しくなります。陛下の帰還に合わせ、もう少し練っておきたいこともあります。ですから、手合わせは少なくはなりますが」

「いえ、大丈夫ですよ。頑張ってください」

頷《うなず》き返せば、ライラックは無言ながらも頼もしい笑みで応えた。

彼女が。おそらくはこの件とは比べ物にならないほど大きい計画を組み始めていることはフウタも理解していた。だからもし彼女が手を貸すよう声をかけることが無いのなら。

それまでは、彼女が安息を得たい時にいつでも居られるようにしよう。

退屈はしない。だって、部屋に戻ればあの少女が居る。

「ところでフウタ」

帰り際《ぎわ》、ライラックが振り返りざまに問いかけた。

「なんでしょう?」

「わたしは童顔なのですか」

「えっ」

†

時は流れて、十日後。使用人用厨房《ちゅうぼう》にて。じっくりコトコトと煮込まれたシチューを前に、フウタは拳を突き上げた。その手には刃ではなく、味見用の匙《さじ》が握られている。

「──で、出来たッ‼　これが、俺の鍛錬の果て‼」

簡易なレシピから完全体へと仕上げるまで苦節十日。多くの困難がフウタを襲った。主にスパイス切れや薪切れ。そんな日々を乗り越え、自前で用意した木を薪に変えて奮闘したフウタの下には、それはもう完璧なシチューが出来上がっていた。

「おー。おめっとー！」

隣からシチューを覗《のぞ》き込んでいたコローナが、勢いよく何かを撒《ま》き始める。

「わ、花吹雪⁉」

「スパイスっ」

「やめろ！！！　味が！！！　味が変わってしまう！！！」

慌てて蓋を閉めるフウタだった。

「入ったところで鍋に録術使うだけですしー、けちけちすんなよーっ」

「いや、そうかもだけど、なんか達成感がさ」

「最初から始める？」

「勘弁してください」

この努力を最初にまで戻されたら、フウタは卒倒してしまいそうだった。

「お酒もちょうど良いのが手に入りましたしっ。そんじゃま、いきましょー！」

「おー。って、コローナにも、待ってて欲しかったんだけどな」

「メイドがメイドしないで終わるのも、なんだかなーって感じなのでっ」

「終わる？」

「そりゃあ……初めての、フウタ様主催メイド大感謝祭！」

「やっぱりダメだろ、感謝すべき相手働かせてるじゃん」

「おっとー、否定しなかったことにびっくりだぜー。姫様はおまけかー？」

「おまけってわけじゃないけど、コローナへの御礼《おれい》が目的だったからな」

「ふむー」

　気の抜けた声で思案するコローナは、いつも以上に元気が良かった。

「フウタ様っ！　今日はメイド、ちょっとお酒しちゃおうかなと思いますっ！」

「あれ、良いのか？　メイド的に」

「姫様に許可さえ貰《もら》えば、どーせフウタ様の部屋に入り浸ってるだけですしー」

「入り浸るって言っちゃうんだ……」

　でも、とフウタは思う。こんなことを言い出したのは初めてのことだ。

「お酒好きだっけ」

「全然。まったく。ちっとも」

「おいおい……そりゃまた何で」

「なんとなく！　人生は太く短くだぜー！」

「まあ、気分に素直なのは良いことか」

　厨房を出るコローナの後をついて、フウタも鍋をワゴンに載せて歩き出す。

　既に、ライラックは庭園で待っている頃だ。

「俺の居た国じゃ、あまり見なかった光景だけど。結構こっちの人って、三食にお酒入れたりするんだな」

「王侯貴族はだいたいそんな感じー。そこまでお酒に弱い人も居ませんしねー」

「はー、文化の違いだなー」

「ちなみにメイドはすこぶる弱いっ！」

「飲むのやめたら？」

「やーめないっ」

ぺろりんっと舌を出してフウタを先導する彼女。外廊下を抜けた先にある庭園は、昨夜鍛錬に汗を流したばかりの植物園。椅子とテーブルにカトラリー。会の準備は整っていた。

心地の好い陽《よ》気に照らされたお昼時。感じる暖かさもちょうどよく、絶好の日和だ。

「王女様、お待たせしました」

「……来ましたか」

珍しく、ただ静かに腰かけるライラックの姿があった。普段であれば先に紅茶の一杯でも傾けていそうだが、そうしないのは如何《いか》なる理由故か。フウタが何かを勘繰ったわけではなかったが、その答えは隣のメイドから零《こぼ》れ——もとい、濁流のように流れだした。

「姫様ったら楽しみにしててくれたんですねっ！　フウタ様初の手料理と、メイド大感謝祭!!　メイドも感激ってものですよっ！」

「……貴女《あなた》も招かれた側なのですから、少しは大人しく腰掛けたらどうですか？」

「ぺろりんっ」

「着席で何故《なぜ》そんな音が鳴るのです」

「ぺろりんっ、ぺろりんっ」

「立ったり座ったりしなくてよろしい」

額に指を当てて首を振るライラックと、起立着席を繰り返すコローナを眺めて、思わずフウタは口元を緩めた。——幸せというものが、もし自分に許されることだとしたら。

まさしく、今この瞬間を言うのだろうと。

「——何を笑っているのですか、フウタ」

すみません、と一言謝る表情も緩くだらしない自覚はあった。

器にシチューをよそいながら、フウタは今の心根を整理する。

「……ありがとうございました」

「何を急に。勘違いしないで欲しいのですが、フウタの手料理というだけで舞い上がるような子供ではありません。味を見て、判断させていただきます」

「ああ、いや。そんな、料理で喜んでくれてありがとうだなんて、己惚《うぬぼ》れてはいません。ただ、今やっぱり思ったんです。あの日、拾ってくれたこと。本当に感謝すべきだと」

「……はぁ。なぜ、また、今」

「今だから、ですよ」

困惑したように眉を下げるライラックを前に、フウタは蒼空《そうくう》を見上げた。こんな爽やかな陽気の下で、大切な人達に、鍛錬しか趣味の無かった男が料理を振る舞っている。

半年前の自分に今の光景を見せたとして、信じられるかと言えば否《いな》だろう。

「姫様姫様っ、なんだか一人で納得して二人で浸ってますよっ！」

「そう言う割に、貴方《あなた》も何かを仕掛けたりはしないのですね」

「仕掛けるだなんて、人聞きが悪い……メイドは、ただ誰かの為《ため》を想《おも》いあくせく働く優しきメイド……想いが伝わらないってこんなに悲しいことなのね……」

「誰ですか貴女は」

「偽者《にせもの》だとまで思われるとはっ！」

器用にその金の二房を逆立てて、威嚇する猫のように身体《からだ》を張るコローナ。ライラックは小さく嘆息すると、フウタの差し出したシチューと、注《そそ》がれる葡萄酒《ぶどうしゅ》に目をやった。

「なるほど。酒の選定はコローナのようですね」

「あ、分かります？」

「初心者が選べるようなお酒ではありませんから」

「そう、なんですか」

酒蔵での光景を思い出せば。ぱっとセラーに飛び込んだコローナが何の躊躇《ちゅうちょ》もなくその辺から一本のボトルを引っ張り出してきて、『今日はこれで決まりっ！』『決め手は？』『てきとー！』などという会話が行われた記憶。ただ、やはり適当に引っ張ってきたというよりは、最初から目当てのものが分かっていたのだろうと考えた方が、自然だった。

そのくらいには、コローナのことも分かってきたフウタだったが――。

「コローナ、お酒はダメなんじゃなかった？」

「酔っちゃうだけですしー。酒精は毒と一緒だぜっ」

「……なるほど。録術でどうとでも出来るのか、便利な……」

「酒蔵の高級酒開け放題っ‼」

「やめなさい」

もし録術で元通りになるとしても、セラーのワインを片端から開けて回るなんて暴挙は看過できないフウタだった。その光景を眺めるライラックは、呟《つぶや》くように告げる。

「まぁ、コローナが録術をどう使おうと自由ですが――後悔はしないように」

「やだなー。生まれてこの方、メイドを後悔させた奴《やつ》なんて居ないぞっ？」

「自分も含めて？」

「含めてっ！」

ぺろりんっ、と舌を出したコローナは、そのまま「食べよー！」とフウタに声をかけた。

「あ、ああ」

録術で後悔とはいったい、と首を傾《かし》げたフウタを置いて。せっかくだからと三人でテーブルを囲むことを良しとしたライラックに礼を告げ、一同は食事にありついた。

と。コローナは思いついたように、ぽっけから何かを取り出すと。

「でん！　フウタ様にプレゼントっ！　あけてみれー？」

「お……何だコレ……箱？」

手渡されたのは、そこそこ軽い小箱だった。

同時、ライラックのカトラリーを持つ手が静止する。片眉だけ小さく上げて、コローナを見つめていた。コローナはと言えば、早く開けろ早く開けろとばかりに目を輝かせ、フウタの手元にご執心。開けた者を驚かせるような悪戯《いたずら》が仕込まれているかもしれない——などとはフウタは露《つゆ》にも思わず、何のためらいもなく開いた。

すると。やけに明るい音楽が、その場に波紋のように広がり始めた。

「……これは、オルゴール？」

「メイドお手製っ！　音を閉じこめただけだから、正確にはオルゴールじゃないけどっ」

「お手製⁉　凄《すご》いな」

「録術を保管する箱さえあれば、ざっとこんなものですよっ」

「――それに、俺、この曲も滅茶苦茶《めちゃくちゃ》好きだ」

「ほ？　〝も〟って何だ、〝も〟って～」

「王女様の部屋に流れている曲も、凄い好きなんだよ」

「あー、あれもメイドお手製っ！」

「マジか、え、コローナ凄い」

「もっと褒《ほ》めろー！　メイドは褒めて伸ばすタイプのメイド！」

「他にも居るのか……メイド……」

「叩《たた》いて伸ばすタイプのメイドと、捏《こ》ねて伸ばすタイプのメイドが居る」

「パン生地か何か？」

くだらない話をしながらも、耳が集中するのは音楽の方だ。

底抜けに明るくて、聞く人全てを楽しくしてしまうような、そんな音色。

ライラックの部屋にある、雪景色を思わせる安らかな音色もフウタは好ましく思ったが、負けず劣らずこちらも好きだった。そう、まるで今の楽しい会話に胸を弾ませるような。

「……コローナ」

ぽつりと、ライラックが呟いた。

「はいはい、こちらお騒がせお掃除メイド王都支店っ」

「他にも居るのですか……ではなく。あれは、フウタをイメージして作ったのですか？」

その問いに、コローナは首を振った。

確かに、ライラックに手渡したものは、ライラックをイメージして作ったものだが。

「あれはコローナちゃんですよっ」

「……それは」

「楽しかったですよ、姫様っ」

ぺろりんっ、と舌を出して。

「フウタ様フウタ様フウタ様っ！　冷める冷める！」

「え、あ、しまった！　いや、コローナが言うのか⁉　怒るに怒れないんだけど！」

「……それでは、いただきましょうか」

ライラックが一言と共に、シチューを口に運ぶ。

「……ど、どうですか？」

「…………………」

もぐもぐ、と咀嚼《そしゃく》した彼女は、小さな吐息と共に。

「悪くありませんね。温かいものを口にしたのも、久しぶりです」

「そーそー、フウタ様ったら聞いて聞いてっ。メイドが冷めた料理温めてあげるって言っても、姫様は嫌がるんですよっ」

「……貴女に何をされるか分かったものでは無いからでは？」

「姫様ひどいっ」

そっけなくそう告げた彼女の言葉には、何やら別の理由も隠されてはいそうだったが。

「しかし。フウタの努力が見える味ですね。どうでしたか。料理は楽しかったですか？」

「はい。コローナが教えてくれたのもそうですが、やっぱり二人の喜ぶ顔が見たくて」

「……そうですか。それは嬉《うれ》しいことですね」

よどみなくカトラリーを動かすライラックを見て、フウタは安堵《あんど》した。

どうやら、彼女が食べられる程度にはまともなものが作れたらしい。

「んー！　フウタ様フウタ様フウタ様っ」

「はいはいどしたの」

ライラックに続いて、食べ始めた二人。

「初日の言葉、そっくりそのまま返してあげるっ」

「えっ」

「ぺろりんっ」

一瞬、呆《ほう》けたフウタ。初日と言われて、気が付かないはずがない。

忘れようもない。世界の誰が忘れたとて、フウタは絶対に忘れない。

『昨日と今日で、人生で一番おいしい食事の一、二位更新って感じだ……』

『一位は今日の弁当だわ』

初めて出会った日に告げた言葉を思い出し、感じ入る。そこまで言ってくれるのか、と。

しかし、感動に思考を奪われていたフウタをよそに。

「姫様、食べ残したらメイドのお腹《なか》に入っていきますよっ？」

「……余計なことを言わないでください。そんなことあるはずないでしょう」

「ですよねっ。姫様ってば食欲はもがが」

気付けば、目の前でライラックがコローナの口にスプーンを突っ込んでいて。

なんだか微笑《ほほえ》ましいものを見られた気持ちで、フウタは眦《まなじり》を下げた。

たとえこの身に録術が使えなくとも、今の光景はきっと一生忘れない。

これからもきっと、この幸せをかみしめて。

底抜けに明るい楽しい音楽の調べを耳に。

——翌日、コローナは王城から姿を消した。

第二話　たとえ、誰も望んでいないとしても。

翌朝の、王都メインストリート。城から真《ま》っ直《す》ぐ南に延びる、王都最大の繁華街。昇りたての陽光に照らされて、人々は一日の活動を開始する。王都の中心を作る中央通りともなれば、朝一番から大賑《おおにぎ》わいだ。世界ではまだまどろみの中に居る人々も多い中、メインストリートは今日の新鮮な品を求める業者や民衆でごった返す。

そんな中を、一人の少女が器用に人ごみをするする避《よ》けながら歩いていた。

「るーんぱっぱー、うんぱっぱー」

呟かれる文言の意味は、誰も知らない。足取りは軽やかで、今から楽しいお出かけにでも向かうようだ。そのお世辞にも綺麗《きれい》とは言えない、すっぽり全身を包むような煤《すす》けた白のワンピースと、担《かつ》いだ棒きれの先に括《くく》りつけた風呂敷《ふろしき》さえ無ければの話だが。

まるで、その身一つでどこかから追い出されたような出《い》で立《た》ちで。反面その金の二房は、高貴な屋敷《やしき》で整えたように美しく。どこかちぐはぐで浮いた見た目の少女は、周囲の目を惹《ひ》きながら歩いていく。――歩いていく。

肩に担いだ棒きれと、その先の風呂敷がふらふらと揺れる。物取りにでもあったらあっけなく盗まれそうなのに、まるでそれでも構わないといった風。逆に不気味で、盗人《ぬすっと》たちもあらぬ罠《わな》を警戒して近づけない。

だって今日は、国王が王都に帰還する日でもあるのだから。

「ぱっぱらぱっぱらうんぱっぱー……」

ふらふらと、一人歩く少女。あっちへこっちへ、目的地など無いかのように。

ここにもし、誰か手を繋《つな》いでやれる人が居たならば、真っ直ぐ歩けもするだろう。

ここにもし、誰か声をかけてやれる人が居たならば、きっとどこへでも行けるだろう。

だが、少女の周りには誰も居ない。ただふらふらと迷子のように、大きな路《みち》から細い道へ、細い道から大きな路へと歩き回る。

そうしてようやく出てきた先で、彼女は長い行列に出くわした。

王城へ続く最も大きな馬車道は、国王陛下が法国との会談を終えての帰還に伴い、ぞろぞろと大規模な行列で埋められていた。物見遊山《ものみゆさん》にやってきた王都の人々の脇を通り、彼女は行列が向かう方とは反対の方角へと向きを変える。即《すなわ》ち、王城とは真逆の方角へ。

「……」

ふと、彼女の口ずさんでいた歌が止まる。そして、彼女は一度だけ、王城を振り返った。

晴天に突き抜けるような美しい王城は、三年間も暮らした庇《ひさし》。

〝契約〟のもと過ごしていた場所ではあれど、生きられる程度には楽しかった空間。

とはいえ。緩く首を振った少女は、小さく息を吐く。だってこれ以上、城に居たら。

『いつも居てくれてありがとう、コローナ』

『貴女《あなた》には、一定の信を置いていたのですが』

くるり、とコローナは王城に背を向ける。

満面の笑みとともに、一歩前へ。これで良《い》いのだ。

メイドなんかのために危険に晒《さら》すのは、そう──もったいない。

「るーんぱっぱー、うんぱっぱー」

歩く、歩く、歩く。目的地などはないけれど。まあ、この先で果てようと、野垂れ死のうとどうでもいい。王城で面倒が起こる方がずっと損。

曇る顔なんて見たくない。だって──

『俺は、キミに生きていて欲しい』

あんなことを言ってきた人は初めてだったけれど。初めてだったからこそ、目の前で死んだら彼が悲しむだろう。悲しんでしまうなら、居なくなった方が良い。

だって、大事な人を悲しませたくはないのだから。

そうして、ようやく、街門の前。真っ直ぐ歩いてきていれば、もう少し早く着いたかもしれないけれど。あいにくと自分は方向音痴。だらだら歩いてようやっと、王都の入り口までやってきた。ここを抜ければきっとおそらく、もう戻ることはないだろう。

最後に一度、三年過ごした街にご挨拶。

「それではみなさま、ごきげんよー」

――そして、一歩、踏み出したその時だった。

「あんたがお姫様から離れるのを、心待ちにしていたわ」

十数人の黒服を引き連れて、赤髪の童女が愉快気に口元を歪《ゆが》ませた。

やっぱりかー、と、彼女は目をバッテン印のようにして。しかしすぐに、まいっか、と。

何かを諦めたように、彼女は黒服たちに向けて、導《しるべ》を失っていた足を一歩踏み出した。

†

王城、謁見の間。壁をくりぬいたような大きな窓が並ぶ、陽射《ひざ》しの差し込む広間の中央。

ずらりと並ぶ貴族たちの中心、カーペットの真っただ中に、ライラックは立っていた。

「――よく分かりました、陛下」

帰還間もなくの自らの父に一度頭を下げ、彼女は慈愛に満ちた笑みを向ける。

「それでは、法国から神龍騎士団の方々を招かれたのですね」

「ああ。差し当たっては、隣国への遠征に向けて詳しい計画を練ることになると思う」

国王は久々に見た娘の笑顔を満足げに眺めていた。

蓄えた髭《ひげ》を撫《な》でながら、うんうんと頷く。聡明《そうめい》で可愛《かわい》らしい娘も、国王がこうして立派である間は、能臣《のうしん》として自身を支えてくれることだろう。――と、そこに割り込む声。

「お、お待ちください！」

ライラックの背後に膝をつき、国王へと諫言《かんげん》する青年が一人。

「遠征については、これから協議を――」

「クリンブルーム卿《きょう》」

しかしその青年の言葉は、国王の傍《そば》に立っていた鎧《よろい》の男に遮られる。

軍閥派のトップである将軍だ。

「貴殿の利益を考えれば、確かに受け入れがたいことだろう。だがこれは国王陛下の決定であり、殿下も頷いておられる。貴殿の発言は議会によってのみ通される」

「しかし！」

「控えよ、クリンブルーム卿」

己の利益の為《ため》などではない、と歯噛《はが》みするリヒターは、しかしなおも口を開こうとして

――思わず息を呑《の》んだ。国王陛下を見て、ではない。もっと近く。リヒターが顔を上げた

すぐそばに、同じく国王と相対するように立っている少女。

彼女が、冷たい瞳でリヒターを見下ろしていた。

言外に訴えている。――『今は黙れ』と。

「…………御意。王の御前で、大変なご無礼を」

「よい。配下の忠言に耳を傾けるのも、国王の務め。そうであろう、ライラック」

「はい。お父様の背中には、いつも勉強させていただいておりますわ」

「そうかそうか」

国王が穏やかに頷くと、将軍が王に耳打ちする。

「そういうわけで、法国神龍騎士団の団長を紹介しよう。彼は法国にて軍議における最大決定権を持つ存在。今後の王国法国の関係をより一層深いものにすべく、私自ら招いた」

法国と王国が、並んで隣国へ遠征を仕掛ける。その段取りのために招かれた国外の存在。

ライラックが静かに目を細める中、その扉は開かれた。

†

その日の、夕方のこと。普段は殆《ほとん》ど人を入れないことで有名な、薄暗いライラックの執務室に、フードを脱いだリヒターの姿があった。

「……殿下。僕と密会とは、穏やかではありませんな」

「密会などと、そんなつもりはありません。お茶でも淹《い》れましょうか?」

「否《いな》やとは言えますまい。どうか手短に。今の僕の立場を分かっていてのことでしょう」

「立場? 貴方《あなた》は我が国の大切な財務卿ですよ」

「はぁあああ……」

大きくリヒターは嘆息して、勧められるがままに腰かける。――今のリヒターは、言ってしまえば板挟みだ。好戦派からは睨《にら》まれ、貴族派からは失望の間際《まぎわ》。そこであの王女殿下から呼び出しを受けたと知られれば、どうなるか分からない。

それを理解して、この女はわざとこのタイミングで呼びつけた。

苛立《いらだ》たしげにその背中を睨みつければ、彼女は瞬時に振り向き笑顔を返す。

どれほどに警戒しているのか、それだけで分かろうというものなのに、国王ときたら可愛い娘にころっと騙《だま》されている。

「で、どういう話ですか、殿下」

「せっかちですね。紅茶を楽しむ気品あっての貴族では?」

身分さえ考えなければ、ええいおのれ、とでも言いそうな顔で紅茶を喫するリヒター。

美味《おい》しいのが腹立たしい。紅茶を口にすると同時、ライラックは口を開いた。

「もうそろそろ、あの男に頭《こうべ》を垂れるのも限界です」

「ぶっ」

あわやライラックに引っかかるかといったスプラッシュを、彼女は予見していたようにさらりと避《よ》けた。絶対にわざとだ。恨みがましく見つめても、どこ吹く風。

「貴方がわたしを警戒しているのは知っています。どうでもよろしいが。……その上で言いましょうか。――わたしに付け」

見つめる瞳は冷徹。リヒターはしばらく目を閉じ、悩んだ末に頷いた。

「……この戦争の問題を片づけるまで、で宜《よろ》しければ」

「良いでしょう。〝契約〟は交わしていただきます。――まぁ、どのみち。この戦争の問題が片付けば、殆どのものが片付きますが」

「……貴女という人は」

思わず言葉を零《こぼ》すリヒターだった。――と、そこでノックが響く。

「はい」

呑気《のんき》に返事をするライラックに対して、リヒターは目を丸くした。

「人払いは済んでいるはずでは⁉」

「わたしは、貴方に『この件は内密に』と言っただけですが」

「ぐっ……‼」

自分が隠すとは言っていない、と言外に言い放つ彼女の裏切りに歯噛みするリヒター。

彼を無視してライラックが扉を開く許可を出せば、その先に居たのは思わぬ人物だった。

目を丸くするリヒターを放置して、彼は息を荒らげたまま告げる。

「王女様。コローナが、居ません」

なんで僕の居るところでまた面倒の気配がするのだと、リヒターは一人頭を抱えた。

†

思えば、その日は朝から妙だった。目が醒《さ》めて、いつものように身支度を整えて、そこでふと思い立って、彼女から貰《もら》ったオルゴールをかけた。

明るく楽しく、今にも彼女が勢いよく扉を開いて突っ込んできそうな、そんな音色。実際入ってきた時に流していたら照れるだろうか。それとも喜んでくれるだろうか。

いずれにせよかけっぱなしにしておいて、気に入ったことだけは伝えようと。思考をぐるぐる巡らせながら、日課の素振りを始めていたのだ。けれど。

「――フウタ様。お食事をお持ちいたしました」

定刻に訪れたのは、彼女とは程遠い完璧な〈侍従〉。

聞けば、今日からはその〈侍従〉さんが食事を持ってくるよう仰《おお》せつかったとのこと。

今日まで世話をしてくれていた少女の所在については彼女も何も聞かされていなかった。

彼には何が起こったのか全く分からなかったが、何かが起こったことだけは分かった。

飛び出していったフウタ。私室には、ただ延々とオルゴールの音だけが響いていた。

『金髪のメイドですか？　ああ、あの。いえ、今日は見ておりませんが』

捜した。

『見ておりませんな。騒がしいメイドですから、すぐに気づけそうなものですが』

捜した。

『昨日は凄《すご》く楽しそうに、珍しく酔って帰ってきましたが……朝から見ていません』

捜した。

『申し訳ありませんが、存じません』『昨日まででしたら』『え、居ないのですか』

捜した。捜した。捜した。それでも、どこにも居なかった。

ただのかくれんぼならそう言ってくれ。

遊びで振り回されるなら、見つけた時に笑い合おう。

だが、ダメだ。初めて入った彼女の私室は。

「っ……」

本当に、私物の一つも無いまっさらな部屋でしかなかった。

そして――綺麗《きれい》に折りたたまれたメイド服が、幾つか丁寧に仕舞われていた。

まるで、役目を終えたように。

「コローナ！！！！」「どこに居るんだ‼」「返事を、してくれ！」

悲痛をも孕《はら》んだ彼の声に、返ってくる言葉は無い。頼みの綱のライラックは今日、帰還した国王との謁見で時間が取られると言っていた。その謁見の場に、従者の立ち入りは禁じられていた。だから、会議が終わったと聞いたフウタは一目散に向かった。

自分は何も知らないかもしれない。でも、あの人なら何かを知っているはずだと。

「王女様！　フウタです！」

「はい。――どうぞ」

頭では分かっているのに、身体《からだ》は礼儀を忘れてしまった。勢いよく開かれた扉の先で、ライラックは客人とお茶をしていた。相手がコローナでないことだけを、確認する。

「王女様。コローナが、居ません」

そう告げれば、彼女は、フウタの報せを知っていたかのようにゆっくりと紅茶を傾けて、一言と共に頷いた。

「でしょうね」

「あ、やっぱりご存知《ぞんじ》なんですか。……良かった」

思わず、安堵《あんど》で膝から崩れ落ちそうになった。ライラックが知っているなら、自分が全てを把握している必要はない。そのくらいに思ったフウタだったが、それにしてはライラックの表情が妙なことに気付く。気付いてしまう。

「……王女様？」

「――どこに行ったのかは、知りません」

ライラックはあっさりと首を振った。

「えっ……じゃあ、戻ってくる時期は分かってるとか？」

「戻ってくることはないでしょう」

「どういうことですか⁉」

思わずフウタはライラックに詰め寄った。

そのさまを、おいおいおいとリヒターが見守る中。

しかし冷たいはずの王女は意外にも、フウタに対して丁寧に応じた。それが果たして思いやりなのか利用するためなのか、或《ある》いはもっと別の――期待のようなものがあるのか。

リヒターには、判断が付かなかったが。

「〝契約〟を切りました。貴方と同じ、いつまで逗留《とうりゅう》しても構わないというものです。それを、彼女の方から切った。そうである以上、ここに留《とど》まるつもりがないということ」

「……そんな」

目を見開くフウタから漏れる小さな叫びに、ライラックは静かに髪を払うのみ。

「王女様！」

「……なんですか」

「俺、捜してきます‼」

その言葉に思わずライラックは口を開きかけて、やめた。首を振って続ける。

「無意味ですから、やめておきなさい」

「そんなことないです！　無意味だなんて！」

「彼女に戻ってくる意志が無いのなら、引き留めたところでわたしに害しかありません。そんな人間を呼び戻すなど――意味が無い」

それはライラックの心の発露。そんな人物を手元に置いておいたとて、どうなるか分からないという体験談。しかし諦めるよう諭したとて、フウタは聞く耳を持たなかった。

「王女様……」

「分かったなら、下がりなさい。わたしは職務があります」

そう言って、背を向ける。――彼女の背を、リヒターはつまらなそうに見据えていた。

「嫌だ！！！」

ゆっくりとライラックは振り向いた。

拳を震わせ、胸元を強く握りしめながらも、その場から動かずに彼は居た。それほどまでに、ライラックに対して言葉をぶつけることはフウタにとっては苦痛。それでも、伝えたいことがあるのだとフウタはライラックを見据える。

だってそうだ。たとえ、不利益なことであったとしても。

正直に胸の内を晒《さら》すよう告げたのは、ライラック自身なのだから。

「……フウタ？」

「俺は」

フウタは一歩、前へ出る。ライラックは動かない。彼女の前に、一歩一歩。

「俺はな、王女様！」

躊躇《ためら》って、それでも首を振って。ライラックを見つめる顔は、どうしていいのか分からないような、苦しそうな表情で。それでも、瞳は強く意志を持ち、彼女を射抜いていた。

「貴女《あなた》と同じくらい、あの人のことが好きなんだ！　一緒に居て欲しいんだ！」

「だから、何ですか」

乱雑に問われても、フウタは少しも怯《ひる》まなかった。——分かっている。そうだ、だから何だと問われて当然だ。自分の想《おも》いを綴《つづ》ったところで、コローナには関係がない。

そうライラックは言いたいのだ。だが——そんなもの、関係ない。

「だから連れ戻します！」

「……意味が分かりません」

「一緒に居て欲しいから、連れ戻します。あの子が、コローナが何で居なくなったのかなんて知りません。俺が嫌なんです。俺が、居なくなって欲しくないから、連れ戻します」

「……あの子にメリットが無いとしても？」

「俺は、嫌なんです」

「……単なる、わがままではありませんか」

「わがままですよ」

でも。

「俺はあの子のわがままに、救われてきたんです。それが、別れも言えずに居なくなるなんて、俺は嫌だ」

「フウタ」

何の音楽も聞こえない、無音の部屋に、フウタの我儘《わがまま》が響き渡る。

『お騒がせお掃除メイドのコローナちゃんです、ぴっ！』

『八百長《やおちょう》は〈無職〉のせいじゃなくてお前のせいですよ』

『良《い》いじゃないですか。それでもぎゃーぎゃー言う奴《やつ》が居たらメイドがきれいきれいにしてやりますよっ』

『……ま。いっか。いつまでこうして遊んでられるかもわっかんないしっ』

彼女に何かがあることくらい、フウタも分かっていた。分かっていて、触れなかった。

でも。

『初日の言葉、そっくりそのまま返してあげるっ』

あんなに幸せそうに笑ってくれた彼女が居なくなったのが、単に王城に居続けるのを嫌がったからだとは思えなかったし。もし、居続けるのに飽きたからと言われても。

土下座してでも連れ戻すつもりだった。

もし彼女を諦めることがあるとすれば、それはたった一つ。

彼女が、どうしようもなく幸せだった時だけだ。

「俺は、コローナを捜しに行きます。手合わせの時は——」

「良いですよ」

断腸の思いで、血を吐くように言葉をつづるフウタに対し。ライラックの返事は、実にあっさりとしたもので、思わずフウタは顔を上げる。

「どのみち、ここ最近は忙しいと言ったでしょう。それに、コローナを見つけるまで、手合わせも上の空でしょうし。構いません」

「……王女様」

「もう一度言います。下がりなさい。わたしは、職務があります」

告げて、ライラックはもう一度背を向けた。その背に、フウタは頭を下げて。それから、あのメイドでもしないような全速力で部屋を出ていった。

「……殿下、貴女という人は」

「幾らでも利用してくれと言ったのは、フウタの方です」

肩を竦《すく》めて、ライラックはリヒターを見据える。

「別にわたしは」

改めて、ライラックは席に着いた。

「コローナを取り戻したいわけではありません。ただ」

「ただ、なんですか」

「フウタには、自分の意志でどうするか決めて欲しかっただけです」

「だから、貴女の命令という大義名分を与えなかったと？」

「はい。それをするには、そう、少し時期尚早ですか」

「どうでもよいのですが、殿下。僕に対して何も隠さなくなってきましたね」

「ああ、そのことですか。では聞きますが」

ライラックは自らの唇をそっと指で撫《な》でて、リヒターに告げた。

「──フウタは、わたしと貴方《あなた》の密会を目撃しましたが。どうします？」

「っ～～～～！！」

「まぁ、そう焦《あせ》らず。安心してください」

彼女は目を細めて嗤《わら》う。

「あとは、貴方だけですので」

「まさか！」

「板挟みから解放されて良かったではありませんか」

「僕には、意志の自由は無いのですか……？」

「フウタのように、『嫌だ！』と言っても構いませんよ？」

「言えるわけないでしょう……！」

やられた、と頭を抱えるリヒターを無視して、ライラックは窓の外に想いを馳《は》せる。

『貴方の気持ちは、まだよく分かりません』

『えっ』

『でも。……分かろうと努力してみよう、なんて思います』

『貴女と同じくらい、あの人のことが好きなんだ！　一緒に居て欲しいんだ！』

「いざとなれば、貴方は。わたしのことも、強引に連れ戻してくれるのですか？」

少しだけ、胸の内に疑念と期待が摩擦して。ライラックは困ったように眉を下げた。

†

――翌朝。フウタの私室。

「失礼します。昨夜はお戻りでなかったようですが……朝食をお持ちしました」

ノックにも、返事はない。

困ったように首をかしげ、〈侍従〉の少女はゆっくりと扉を開いた。

お休みなのであれば、そっと扉を閉めて退散。

在室の場合も、静かに退散。

ただ、客人に何かあった際や不在の場合は別のマニュアルがある。

しかして、その部屋には誰も居なかった。

「……またですか」

〈侍従〉たちは、この部屋の客人と触れ合うことはあまり無い。

何せ、固定のメイドが一人ついていたからだ。それも、王女殿下直々《じきじき》の命令で。

そのメイドが居なくなったせいで、王城の様々なスケジュールも支障をきたしている。

挙句、昨日は彼女の不在を知るやこの客人も飛び出していってしまったから、王城は今小さな騒ぎになっている。

「食事を取られたという話も聞きませんし……あら」

〈侍従〉の少女はそこでふと気付いた。

鳴りっぱなしのオルゴールに。

明るく楽しい音楽だ。今のこの状況には似つかわしくないほどに。

彼女はそっとそのオルゴールの載ったサイドテーブルに近づいて、ゆっくりと蓋を閉める。それだけで、音楽はぴたりと止まった。

「鳴りっぱなしだと傷みますしね。パッと見た感じ見当たりませんが……ぜんまいを巻き直しておいた方がいいのでしょうか」

そこまで考えて、首を振った。見たこともない形のオルゴールだし、下手に弄《いじ》って壊したらと思うとぞっとする。

だからこれでよし。

そうして部屋の掃除をして、彼女は冷めた朝食をワゴンに載せて戻っていく。

そこでふと気が付いた。

昨日、慌てて出て行った彼が鳴らしっぱなしにしたオルゴール。

それが今も鳴っていたということは、彼はあの時から一度も、部屋に戻っていないということではないかと。


日が昇り切った頃、フウタの姿は王都の裏路地にあった。

昨日の夕暮れから真夜中、そして朝方にかけてひたすらに一人の少女を捜し続けていた彼は、しかし全くと言っていいほど疲れを見せず、次から次へと駆けまわる。

そこに恥も外聞も存在しない。立場がどうとか、王城の客人だからとか、元々矜持《きょうじ》など頭の片隅にもない男だ。ただ愚直に誰も彼もに頭を下げて、必死に聞き込みを続けていた。

「あぁ？　知らねえなあ」

「そ、そうか……」

裏路地の貧民街。この街にやってきたばかりの頃、ライラックと出会った場所。

冷たい石畳で寝起きする者たちへの聞き込みはしかし、難航していた。

「そんな嬢ちゃんいたら、俺たちゃほっとかねえわな‼」

「違いねえ‼」

げらげらと品の無い笑い声。

知らないというのなら仕方ないと、フウタが背を向けようとした時だった。

「――ねえ。ほんとに知らないの？」

す、と男の首元に輝く銀の刃。

「ひっ」

彼の背後から載せられたその得物に、フウタは目を丸くする。

「細かい情報でも、教えてくれたら一万ガルドくらいあげても良《い》いんだ。まあ、知らないなら用はないけど」

得物の名は十字鎗《じゅうじそう》・蓬莱《ほうらい》。

なんとなれば一息で喉元を掻《か》き切る十文字は、怯《おび》えた様子の男の顔を反射する。

「ぷ、プリム？」

「よっ。やっぱりここに居たね、フウタくん」

「何をするんだ、この人は何も知らないと」

「ふーん、じゃあ――要らないね」

耳元で囁《ささや》かれる死刑宣告に、泡を食ったように男は首を振った。

「こ、細かい話で良いなら！　ある‼」

今度はフウタが目を見開く番だった。やっぱりね、と呟《つぶや》いたプリムは十字鎗を彼から離すと、器用にくるくる回転させて自らの背に納めた。そして、フウタと並び立つ。

「じゃ、キミたちの知ってること、聞かせて貰《もら》おうじゃん」

「あ、あんたらと同じように、昨日の朝にその女を捜してる奴らなら居たんだよ！」

「へえ。どんな奴ら？」

「変装はしてたが、顔に見覚えがあった！　王都をよくうろついてる連中だよ！　ほら、どこぞの商会の！」

「――そう。そこまで絞り込めれば充分かな」

「じゃ、じゃあ……」

ほら、とプリムは千ガルド紙幣をばらまいた。

すぐさま男達で取り合いになるのをよそに、フウタを引っ張ってその場をあとにする。

「……何も知らないんじゃなかったのか」

「情報は、飴《あめ》と刃だよフウタくん。基本じゃないか」

「そうか……そりゃそうか……」

「どしたのさ」

「いや、飴を与える側に回った、という考えが抜け落ちてて……」

「お金はちゃんと持ってなよ。王女様に頼むなり何なりしてさ」

やれやれ、と首を振るプリム。

「でも、どうして俺のところに？」

「私の雇い主から伝言。王女様に言伝《ことづて》してくれた件は、これで貸し借り無しだって」

「リヒターさんが――あっ」

思い返せば、心当たりはフウタにもあった。戦争について、ライラックに伝えてくれとの件。一応、リヒターからの依頼は果たしたことになり――そういえば、コローナの不在を伝えに行った時、彼はライラックの執務室に居た。

何かの会議をしていたのだろうか。

「ということは、リヒターさんは王女様と手を組んだのか！」

「……いや、うん、まあ。どーだろ。げっそりしてた」

プリムは少し遠い目をした。口が、「かわいそうなリヒターくん」と動いていた。

その黒の二房を弄りながら、プリムはすたすたと裏路地を抜けていく。

時間が無いとでも言いたげな姿勢に、フウタも後を追った。

「それにしても、よくここが分かったな」

「ああそれ？　キミぃ、噂《うわさ》になってるよ？　長身の男が、王城のメイドを捜し回ってるって。情報戦はからきしだね。ま、キミが動いていることを、下手人が知れば……良《い》い意味でも悪い意味でも、リアクションはあるかもだけどね」

「噂にか……マジか」

私が調べたところでは、と前置きして、プリムは口を開いた。

「街門の衛兵たちに聞いたらさ、彼女らしい子が外に出た形跡は無い。入る荷物はともかく、出て行く荷物は全部チェックしてるらしくて、外に連れ去られた可能性は低いって」

「可能性、か」

「そ、面白い考え方だよね。でも考えにくい所から排除していけるから、悪くないよ」

「となると、王都の中を捜すのは間違ってないのか」

「そうだね」

足早に駆けながら、二人は情報を交わしていく。

「役に立たないかもしれないけど、一応メインストリートの方では目撃情報は無かった。嘘《うそ》つかれてたらどうしようもないけど」

「口止め料って馬鹿にならないし、ちゃんとした店だったら嘘ついたりしないと思うよ。だから、その目撃情報は一旦信用しておこう」

「分かった」

時間が経《た》つにつれ、焦燥は加速していく。ただ居なくなっただけ、出かけただけならば、ここまで不自然に目撃情報が乏しいはずがない。王都を出て、どこかに行った。それだけなら、まだ彼女の意志が見える。――だが、現実は異なる。

今の服装がどんなものかは分からないが、それでもあの美しい金髪は目立つ。もし隠していたとしても、それはそれで浮く。なのに殆《ほとん》ど情報が出てこないどころか、どこかの商会が彼女を捜していたという話まで飛び込んできた。

「コローナ……何がどうなってるんだ……！」

彼女の身を案じ瞑目《めいもく》するフウタに、隣から掛かる声。

「ここに来てまだ日が浅いんだけど、〝王都でよく見る商会〟って、聞き覚えはある？」

「よく見る商会――いや、無いな」

そう、商会の名前には、心当たりは無かった。だが、王都でよく見る商会とまで聞くと、少し思うところがある。裏路地に陣取っているような彼らですらよく目にする商会ということは、この街でも有数の商会ということになる。

「王女様から聞いたことがある。この街を牛耳っている商工組合のトップの話は」

「商工組合。なるほど、この国にもそういうのがあるんだね。そしたら、その商会の目印みたいなものを見つけて、もう一度あの連中を脅そう」

「脅そうって、それはまた」

随分な物言いだと思って、素直な感想を口にしただけだった。けれどプリムは足を止め、フウタを振り返る。その瞳には、どこか熱意のようなものが感じられた。

「——そんなこと言ってる場合なの？」

「……そう、だな。王女様も、よく優先順位が大事だって言ってた。俺の一番は、コローナを見つけることだ」

「——そう」

なら良い、とでも言いたげに彼女はもう一度背を向ける。

その割り切りの良さというか、動きの素直さというか。想像していたよりもはるかに意欲的にコローナ捜索を手伝ってくれているように思えて、ふとフウタは呟いた。

「……ありがとう」

「――そう」

聞きなれたプリムの相槌《あいづち》。いつもならこれで話は終わりだ。コローナ捜索の為《ため》に必死な今は余計に、その商工組合のトップとやらが居る商会に向けて急ぎ足。

言葉を交わす理由はない。そのはずだった。けれど。

「私さ。お兄ちゃん見殺しにしたことあるんだよね」

その、零《こぼ》された重い一言が、駆けるフウタの心に突き刺さった。

「みごろし……？」

互いに有り余る体力を脚力に集中させながら、しかし紡《つむ》がれた言葉は意識を相手へと移すに十分で。プリムはその黒の二房を靡《なび》かせながら、視線は真《ま》っ直《す》ぐに前を向いたまま、特に感情を乗せずにぽつぽつと語った。

「うちってほら、世界三大槍術《そうじゅつ》の総本山じゃん。兄妹揃《きょうだいそろ》って鎗の修行続けて、楽しくやってた。で、こう言っちゃなんだけど、私の方がお兄ちゃんより強かったんだよ」

彼女の瞳にありありと映るのは、見覚えのある感情。名を、後悔。

「だから調子乗っててさ、お兄ちゃんの制止も聞かずに危ない山ん中飛び込んでさ。お兄ちゃんは私より弱いくせに、必死で妹守る為に追いかけてきた。……よくある話だよ。強かったのは腕だけで、勇気も愛情も、意志も。全部、お兄ちゃんの方が上だった」
ちらりとフウタが彼女を見れば、ぐ、と拳を握りしめる。きっと、今でも苛《さいな》まれている
であろうことはひしひしと伝わってきた。
「山の中に出てきた魔獣を、私は頭でっかちな知識だけで倒せると思って、冬眠前の気性
の荒さを知らずに命の危機。それをお兄ちゃんが庇《かば》ってくれて……逃げろって言われたの
に腰が抜けて逃げられなくてさ。こう言っちゃなんだけど、多分あの時、頑張れば私はあ
の魔獣殺せたんだよね。技量だけで言えばさ。だから、悩んじゃったんだよ。どうする？
って。逃げるか、お兄ちゃん守って戦うか」
ぎり、と暗い表情は一瞬のこと。瞳に意志の炎を灯《とも》して、彼女は言う。
「どっちか選べていれば、お兄ちゃんは——目の前で食われずに済んだんだ」
だから、とそこで言葉を切って、隣を走るフウタに目を向けた。
「誰かの命の危機にあって動かないという選択だけは、私は二度としないと決めている」
「プリム……」
「そんな目で見ないでよ。十歳もいかない頃の話なんだ。心の中で整理はついてる。ただ、
二度と御免ってだけ」
十歳もいかない頃。無邪気な少女が目にした、大切な人を目の前で食い殺された記憶。

彼女はあっけらかんと整理はついていると口にしたけれど。それがどれほど恐ろしい思い出なのか、今のフウタにならから分かる。

もし、自分の迷いのせいで、ライラックが、コローナが死んだとして。

果たしてフウタは、もう一度立ち上がることが出来るだろうか。

分からない。分からないが、想像したくもない話だった。

――決して、フウタとプリムは気心知れた仲良し同士というわけではない。過去を打ち明けるのは、友人に自分を知って貰おうとする意思ではない。一瞥《いちべつ》すれば、涼しい表情の中に灯る、プリムの強い感情が目に映った。

人通りの無い裏路地を一歩一歩強く蹴る。フウタは一瞬だけ目を閉じて、告げた。

「ありがとう」

「別にお礼を言われるようなことじゃないよ。一ガルドにもならない自分語り。ただ――今のキミを激励する自分語りであったことを望むよ」

「十分すぎるほど響いたよ。何が何でも、俺はコローナを見つけ出す」

「そうだね。ま、おかげで私は、キミのことも捜し出したわけだし？」

「ああ……動かない、ということだけはしない、か」

「……フウタくん」

一つ息を吐いて、彼女は言った。

「一番大切なのは、その人の命を守ることだ」

「……ああ」

リヒターの言う〝借り〟がどの程度のものだったかは分からない。もしかしたら、プリム一人を派遣して、それで貸し借り無しなら安いものだと思っていたかもしれない。

それでも。そうだとしても。フウタにとっては十分すぎるほどの恩恵だった。そして。

「……ここが、商工組合のトップが居る商会」

ようやく辿《たど》り着《つ》いた。二人の前に建っているのは、メインストリートから一本外れたところにある巨大な屋敷《やしき》。商会の本部らしい門構えに、見張りが何人も立っている。

「警備が厳重なのは当たり前だけど」

軽く呼吸を整えて、自然な素振りで屋敷に近づきながらプリムが呟《つぶや》く。

「ああ。空気は、日常的なものじゃないな。ピリついてる」

決戦前夜とは言わずとも、何かしらの命令が改めて下された直後のような、張りつめた空気。警備兵らしき者たちには、商会の特徴的なシンボルじみたものは見られない。

あの裏路地の男たちの言うことを信じるならば、その商会の者たちは揃いの何かしらを身に着けたり、身に纏《まと》ったりしているはずだ。

「出張所とか、出してる店の方に行った方が良かったか？」

「うろついている連中、と言っていたから本部の人間でしょ。支店の人間がコローナを捜しているという可能性も無くはないけど」

「本部の人間の方が可能性が高いなら、そちらから、か」

二人で頷《うなず》き合い、歩みを進める。

実際、この空気感は異常だった。何か隠していますと言わんばかりだ。

とはいえ、それがコローナのこととも限らない。この屋敷に出入りする人間の一人でも捕捉出来ないかと思案していたところで、ふと声が掛けられた。

「ねえ、そこ行く二人さぁ。てゆか、そこの男の方さ」

屋敷の入り口に立っていた少女が、にたにたと嘲笑にも近い表情を浮かべて、フウタを見据えていた。振り返り、フウタは目を見開く。

「……はい」

燃えるような赤い髪はツーサイドアップ。聡明《そうめい》というよりは狡猾《こうかつ》そうな鋭い蒼《あお》の双眸《そうぼう》。

身長は小柄ながら、持つ雰囲気はあまりにも自信にあふれたそれ。

「あんた、姫様のお気に入りでしょ？　ちょっと話さない？」

「ちょっと、フウタくん。何を驚いてるの？　知り合い？」

プリムの言葉も耳に入らない。

目の前の少女を見知っている訳ではない。だが、彼女がその手で弄んでいるものは。

――見覚えのある、小箱。

ライラックがいつも部屋でかけていて、フウタが貰《もら》ったばかりのものと同じ。

驚愕《きょうがく》の表情を目にして、心底愉快そうに彼女は口角を上げた。

「はろはろ。あたし、ベアトリクス。性格のねじ曲がり切った〈経営者〉でーっす」

†

オルバ商会本部の執務室は、同じ執務室と銘打たれていようと、ライラックの部屋とは随分趣の違う部屋だった。ベアトリクスと名乗った少女は、最奥《さいおう》に用意された皮張りのソファにどっかりと腰かけて足を組む。そこから二メレトほど離れた対面に、フウタとプリムは並んで座ることとなるのだが――その周囲には大量の黒服が控えていた。

壁沿いにぐるりと。そもそもこの部屋が広いせいで、五十人はくだらない数の部下が控えている。それなりに腕も立ちそうで、完全に二人を見張る役割を担《にな》っていた。

そして、それ以上に。部屋の後方に佇《たたず》む男が、フウタは気になった。壁は一面が窓にな

っており、先に見える庭園の景色を楽しむことが出来るよう設計されている。これだけの技術と資金をこの部屋一つに使えるほど、この商会が儲《もう》かっているということだろう。壁に掛けられた絵画といい、悪趣味なまでに金の圧迫感がこの部屋を支配していた。

男はその景色を楽しむように後ろ手を組み、フウタたちに背を向けている。だが、その隠された闘気は尋常のものではない。早くも武人の気配にそわそわし始めたプリムを制しながら、フウタは振り返りもしない男を見やるも、反応はない。

仕方なく、正面の少女に対しフウタは口火を切った。

「俺たちを呼び込んで、何の用かは知りませんが。その箱をどこで?」

「さてどこだったかしらねー。拾ったかもしんないし、買い付けたかもしんないし? 或《あ》いは── 懐《ふところ》から頂戴したかもしんないし?」

「っ……」

心底愉快そうに少女は嗤《わら》う。なるほどこれは、性格のねじ曲がり切った経営者だ。ライラックと会談をしているのがこの女だとしたら、さぞかし気が乗らないことだろう。

「んで、あんたはこれを見て目の色変えたっと」

ぽんぽん、と手のひらで弄び、ベアトリクスはフウタを見据えた。

「あんた、姫様のお気に入りでしょ? なんか面白いこと知ってたりしない?」

「面白いこと？」

「姫様の隠れた下世話な話とか」

ぴく、とフウタの眉が動く。安い挑発だと言えばその通り。だが、フウタにとっては触れてはならない逆鱗《げきりん》の一つ。今度はプリムがフウタを制する番だった。

「……悪いが、王女様に弱みなんて一つも無い」

「あっそ」

興味を失ったように、ベアトリクスはソファの背もたれにぽすんと体重をかけた。

「取引するつもりは無いってことね」

「取引？」

「最初に言ったでしょ。あたしは〈経営者〉。ちょっと性格がねじ曲がり切ってるのは認めるけど、これでもこのオルバ商会の──ひいては商工組合のトップなのよ」

ぽんぽんと小箱を弄ぶ姿は、その小柄な体軀《たいく》と合わさって童女のよう。

「あんたがこれをどれだけ欲しいのか、熱意じゃなくて誠意が見たいわけ。分かる？　青臭い情熱的なノリとか要らねーの。あたしに何を差し出すかを聞いてるってことよ。何でこんなことも説明しなきゃなんないの？　姫様のお気に入りって何、男娼《だんしょう》とか？」

「──お前」

立ち上がりかけたフウタから、膨大な闘気が吹き荒れる。黒服たちは慌てて剣を抜き、ぴりぴりとベアトリクスにきつい気迫が殺到した。彼女は驚いたように目を見張り、黒服たちは剣を握った手が震えていることに気が付かない。慌てて袖を引くプリムに目もくれず、フウタは握りしめた拳を隠そうともせずベアトリクスを睨《ね》め据えた。

「……へぇ」

静かな部屋に響く、ベアトリクスの声。

サイドテーブルのカップケーキを摘まみながら、足を組み直す。

「ただの〝契約〟関係じゃなさそうね。あの姫様相手によくもまあ」

プリムはベアトリクスを一瞥し、納得したように目を細める。商工組合のトップというからどんな手合いかと思ったら、性格のねじ曲がり切った経営者とは言ったものだ。相手から何かを引き出すためなら、古傷だろうと宝物だろうと平気で抉《えぐ》る。

ライラックは、フウタのことをかなり伏せていたのだろう。

だからこそベアトリクスは、フウタからフウタ自身の情報を吐き出させた。

おそらくはプリムより年下ながら、王都商業の頂点に君臨するだけのことはある。

もっとも——。

「流石《さすが》に、フウタくんクラスの本気の闘気を正面から食《く》らったら平静じゃ居られないか」

ぽつりと呟いた。小箱を弄ぶその手が微《かす》かに震え、こめかみに小さく浮かび上がった玉汗を、プリムは目敏《めざと》く捉えていた。しかしそれでも商工組合のトップは何一つ堪《こた》えた様子がなく、余裕とばかりに欠伸《あくび》を一つ。

「姫様はあんたのこと何も教えてくれないのよ。仕事の為《ため》にも不確定要素は排除しておきたいのがあたしみたいな人種なわけダケド。ま、すぐにボロを出してくれて助かったわ」

「謝れよ」

は？　と小首を傾《かし》げたベアトリクスと、フウタの苛立《いらだ》った瞳が交わる。

「人を侮辱してそのままなのか、お前」

そう告げれば、納得したように「あーはいはい」と頷いて、彼女は嗤った。

「武人ってのはどいつもこいつもプライドが高くてやりやすいわ。ごめんなさいねー」

「違う」

はい？　と今度こそベアトリクスが顔を上げる。馬鹿にしたわけではなく、本当に理解が出来ていないといった彼女の視線の先には、プライドとは全く無関係の怒りを堪《こら》えた男の姿。すぐに納得して、ベアトリクスはすぐさま前言を撤回する。

「へぇ……姫様には、後で言っておくわよ」

「確認するからな」

怒りそのものが消えた様子はないが、それでも矛を収めたような感覚。ようやく息がしやすくなったと、心の奥底でベアトリクスは嘆息した。ただの武人かと思いきや、忠義の騎士の類だったかと一人思考を巡らせて。それならそれでやりようは幾らでもあると、改めてフウタに向き直った。

「じゃあ何、あんたは姫様の密命で人捜しでもしてるわけ？」

「それは——」

口を開きかけたフウタの横から、プリムが割り込んだ。

「そんなこと聞いてどうするのさ」

問いに、視線を投げる。先ほどからフウタを押さえていた冷静な少女を見つめ、何かを思いついたベアトリクスは片眉を上げて挑発的に言い放った。

「……ああ、そういえばおまけが付いてたわね」

「おまっ……」

笑顔のプリムに青筋が浮かぶ。

「……取引取引うるさいんだからさ、人にものを聞く時には何かを差し出したらどう？小箱をどこで手に入れたか言えば答えてあげるよ」

「じゃあいいわ。そんなに興味ないし」

「こいつ……‼」

ひょいぱく、とお菓子を摘まみながら肩を竦《すく》めるベアトリクスに、プリムは負け惜しみ気味に呟《つぶや》いた。

「そのままぶくぶく太れブタが」

「なんか言った？」

「そのままぶくぶく太れブタが」

「隠す気無いのね」

やれやれ、と呆《あき》れつつも怒ったような様子はない。――ベアトリクスという〈経営者〉は、想像以上にやりにくい相手ではあった。散々人の心を逆撫《さかな》でするくせ、自分は悪口雑言には慣れっこのようでどこ吹く風。悪意害意にも耐性があるのだろう。初見のフウタの本気でさえ、多少の震えと冷や汗だけで、涼しい顔で凌《しの》ぎ切った。

性格のねじ曲がり切った経営者。その言葉の意味を、徐々に理解してきたフウタだった。

ライラックがフウタのことを伏せていたと聞かされては、彼自身もベアトリクスの口車に乗って、気づかぬうちに情報を吐かされるのは御免だ。

今のプリムに対する挑発も、ただの人格分析《アナライズ》だろう。怒りというのは冷静さを忘れさせ、本能を見せる。つまりは素を明かしてしまうということだ。だからこその、あの口調。

腹立たしいことこの上ないとはいえ、コローナの手がかりはここだけ。

「その対価によっては、お前はコローナを俺たちに引き渡すことも考えるってことか？」

「コローナ？」

「とぼけるなよ。あんたは俺たちをその小箱で挑発した。小箱が誰のものか、そして俺と姫様とコローナの繋《つな》がりを知ってなきゃ、そんなこと出来ない。最終的には姫様に対して何かしらの手札が欲しかった。そういうことだろ、さっきから言いたいのは」

「さぁ、どうでしょーね。他にも色々、ケースはあるかもよ？」

「俺が聞きたいのは、対価に何を求めているかってことだよ」

「……ふーん。条件提示をあたしにさせるってことね」

少し、ベアトリクスの空気が変わった。思考に目を泳がせているようでいて、違う。まるで用意していたものを脳内から引っ張り出すように、彼女は愉快気で楽し気だ。そのさまはまるで、最初から条件を提示する腹積もりだったよう。

——最初から自分が条件を提示すれば、それは自らがコローナの動向を知っていると吐くようなものである。ついで、彼らが情報を自分から引き出したことになる。

——必要なのは、恩。本質はどうあれ、彼らが全て選んだという事実。オルバ商会は、徹頭徹尾〝姫様のお気に入り〟のお求めに応えただけのこと。

「迷うなー。どれにしよっかなー」

年頃の少女がプレゼントを選ぶような声色で、人の命と金を天秤《てんびん》にかける。

そして、フウタを見据えた。指を三本立てて、ベアトリクスは嗤う。

「じゃあ、選ばせてあげるわ」

なにを、と顔を上げるフウタに対して、彼女は告げた。

「一つ目。今ここで死んでくれない？　後のことはそこのおまけに任せてさ。証文は書くし、あたしの持ってる情報は与えてあげる。王都の戸籍がないことくらい知ってんのよ。控えめに言って、存在が邪魔」

「……それは、聞けない。俺は王女様の支えで居ると誓ったんだ」

「あっそ。後半は要らないから次からは宜《よろ》しく」

ぺいぺい、と手を払って、煩わしそうに首を振る。その在り方一つ一つがフウタを苛立たせるのだが、おそらくこの女はそれを分かっていてやっている。

「二つ目。姫様の動向をあたしに流すこと。何の情報を抜いてもらうかは後で指定するわ。そのメイドを助けたいなら、親愛なる姫様の信頼は諦めなよ。あんたにとって、人の命と殿下の情報、どっちが大事なのかなー？」

挑発に耐えるよう拳を握るフウタに、ベアトリクスは「じゃあこれが最後だけど」と言って三本目の指を折った。

「三つ目。うちの用心棒に殺されなかったら考えてあげる。あたしこう見えても、乱闘を安全なとこから眺めてるのが好きなのよね。死んだら死んだでまあ、どんまい。生き残ったら、この小箱あげても構わないわ」

「……それで良《い》いのか？」

「ん？　別にあたしはどれでもいいけど？　乱闘見られたうえにあんたが死んだら、それはそれで笑える見世物だし」

　きょとん、とわざとらしく童女のように首を傾げてベアトリクスは告げる。

「まあ、三つの中から選んでちょうだい。あたしはどれでも構わないのよ。結構譲歩したんだし、これ以上はまからないから宜しく」

「……選択肢は一つだけだ」

「へえ。どれ？　一つ目？　助かるぅ」

「三つ目だ」

　そう言って、フウタは立ち上がった。その背を、プリムは目を細めて見つめる。

　――おそらくベアトリクスがコローナと接触したことは、ほぼ確信したのだろう。

　今の彼には、全くと言っていいほど余裕がない。だからといって、心配するかと言えば、答えは否《いな》だ。どんな奴《やつ》が出てこようと、フウタが負けることはない。

確信するプリムとは反対に、ベアトリクスは目を細めた。

「うちの用心棒の相手して、死なないようなことがあったらまぁ――」

ベットするのは、〝お気に入り〟の命。賭けの対価としては、悪くない。

だから。

「――例の話、考えてあげなくもないわ。ライラック」

そう、ぞろぞろと中庭に向かう者たちを窓越しに眺めて彼女は一人呟いた。

フウタとプリムが連れ出された中庭には、先客が待ち構えていた。

ベアトリクスたちと話している間、終始ぼんやりと窓の外を眺めていた男。彼が、だらりと両手に重そうな鉄の棍棒《こんぼう》のようなもの――鐗《かん》を提げて立っていた。ベアトリクスは自分用の椅子を用意させると、一番見晴らしのいい場所に陣取って頬杖《ほおづえ》をつく。

「姫様に、あたしが殺したってバレると面倒だし。死んだらあんたの名誉は踏みにじるつもり満々だから、先に言っておくわ。ごめんなさいね」

「別に」

「ま、そうね。どのみち、あんたは必死に生き足掻《あが》くと良いわ」

「……武器の予備は？」

「予備？　あいつと同じで良いなら用意してあげるけど」

面倒そうにベアトリクスが指を鳴らすと、部下の一人が二本の鋼を持ってフウタの下にやってくる。受け取って、重さを確認して、フウタは頷《うなず》く。流石《さすが》に細工は無いようだ。

「あいつはうちの肝煎《きもい》りよ。高い金払って雇った用心棒。せいぜい生き足掻きなさい？」

「……勝利条件は？」

「寸止め出来たらすれば？　殺したら殺した方の勝ちで良いんじゃない？」

「分かった」

フウタが頷いて、その用心棒の下へと歩いていく。彼の背中を見送ったベアトリクスの小さな欠伸を目にしたプリムは、彼女の瞳の奥の感情を読み取って、目を眇《すが》めた。

「ベアトリクスとか言ったっけ。お前さ」

「なにかしら」

置かせたサイドテーブルのお菓子を摘まみ、胡乱《うろん》なものを見る目でベアトリクスはプリムを見上げた。そんな彼女に、プリムはストレートに言葉をぶつける。

「本当は乱闘なんかに興味なんて無いだろ」

「……」

その問いに彼女は軽く目を見開いて。思案するように自らの唇をそっと撫《な》でた。

そして、プリムを見据えて小さく吹き出した。

「……何がおかしいわけ？」

「あんたらのやることはどのみち変わんないでしょ。条件今更とっかえたりしないわよ」

「どうだか」

「そこはあたしじゃなくて、商人を信用したら良いんじゃない？　別にあんたが信用しようとしまいと、どっちでも別に結果は変わんないんだけど」

「こいつ……！」

ベアトリクスはプリムから興味を失《な》くしたように、フウタと用心棒の方へと目を向けた。

「お前の目的は何なんだ。わざわざ興味があるなんて嘘《うそ》ついてこんな状況を引き出して」

「そろそろうるさいわよ、敗北者」

「はいぽっ……」

屈辱的な台詞《せりふ》を吐かれて、プリムの頭に血がのぼる。しかしふと冷静になれば気づくことがあった。――敗北者。その言葉が、ある種プリムへの返答なのだ。

「……お前、あの場に居たってわけか」

「貴族ですらあたしに頭を下げる。王都の議会に名を連ねる者。商工組合のトップっていうのは、そういう存在よ？　招かれるに決まってるでしょ」

「じゃあ、最初からフウタの力量を知っていて」

嫌な予感に言葉を続ければ、しかし返ってきたのはあっけらかんとした言葉。

「知るわけないでしょそんなもん」

「……え？」

あんた馬鹿なの？　とでも言いたげにベアトリクスはプリムを半眼で見据えて言う。

「武人でもないのに、あんたらの力量なんてわかるわけないでしょ。はっきりしたのは、あんたがあの男より弱いってことだけ」

「……ぐっ」

「だからおまけには興味ないのよ。……でも、うちの用心棒が強いことは、骨身にしみて分かってる。だからぶつけてみる。死んだら死んだで、まあ別に？」

人を人とも思わない発言に関しては、この際諦めたプリム。

ただ、用心棒の強さが骨身にしみているとはどういうことか。

その答えは問いかけるまでもなく、ベアトリクスの口から自然に零《こぼ》れ出た。

「あいつはね。あたしたちの商隊《キャラバン》を、単独で壊滅まで追い込んでくれた奴よ。傭兵《ようへい》も相当雇ってたのにね。あたしも死にかけたわ」

「そんな奴を用心棒にしたの？」

驚くべきはそこだった。自分の大事なものを滅茶苦茶《めちゃくちゃ》にされた相手を、用心棒として雇っている。恨みとか、憎しみとか、この女にはその感情が欠落しているのだろうか。挙句、自分を殺しに来た人間を用心棒にするなど、怖くはないのだろうか。

そんな諸々《もろもろ》の意味を詰め込んだプリムの問いを、ベアトリクスは鼻で笑った。

「世の中、金よ」

なんてことはない。殺しに来た人間に十分な金を与えて買収し、更なる金で雇っただけ。器量も、度量も。感情も、状況も。その全てを金で解決する、真性の〈経営者〉。

「そう、たとえば。――捜し人《メイドさん》の行方とかもね」

ぽつりと彼女が呟《つぶや》く視線の向こうで――二人の武人が向き合っていた。目の前に辿《たど》り着いたフウタに対し、壮年の傭兵は顎の髭《ひげ》を撫で、中庭も見渡してぼんやりと呟いた。

「やれやれ。会長にも困ったものですね」

歳《とし》の頃は、三十代前半くらいだろうか。右の鉄鐗を放り投げ、顎髭《あごひげ》を撫でて薄く微笑《ほほえ》む。

「私はウィンド。オルバ商会にて用心棒をやっております」

「……フウタです」

「ええ、お噂《うわさ》はかねがね。……さて」

振ってきた鉄鐗を摑《つか》み取《と》り、くるくると彼は弄んだ。

「――話は聞いておりました。大事な人を捜すため、この商会を訪れたとか。そしてどうやら、うちの会長はその件に絡《から》んでいる」

「……俺はコローナの情報を、話して貰《もら》うつもりでここに居ます」

「さようですか」

フウタの膂力《りょりょく》を以《もっ》てしても、この鉄鋼は重い武器だ。本来、一本で使う武器を二つ扱う、その研鑽《けんさん》は凄《すさ》まじいものだろう。

彼はそんな武器を軽々と振るい、暇でも潰すように回転させながらフウタを眺めた。

「――六歳になる娘がおりましてな」

その言葉は、小さく呟かれた。急に何を言い出すのかと片眉を上げるフウタに対し、ウィンドは人好きのする笑顔を向けて続ける。

「最近まで病気がちでか弱く、薬一つ買うにも金が必要で必死でした。私は、娘の為《ため》なら何でもやった。殺しも、盗みも」

そんな折に、ベアトリクスに雇われたのだと彼は言う。金銭の恩はある。報酬も高額を貰っていて、彼女に対する忠義は篤《あつ》い。娘の薬代も、依頼を果たせばあっさりと出た。その依頼が、人の道に則《のっと》ったものであったかは、さておいて。

だが、だからこそと彼はフウタを見据える。

「貴方《あなた》は、あの頃の私と同じ目をしている。会長に恩義はあるが……貴方に悔いを残して欲しくはない。――大事な人を取り返しにいきなさい」

「……」

ウィンドは分かっている。部屋での話を聞いていた。そして、ベアトリクスには戦いを見極める目が無いことも、彼は知っている。

八百長《やおちょう》をしようが露見することはない。そう、彼は言いたいのだ。

「お気遣い、ありがとうございます」

――ウィンドは先ほど、ベアトリクスの背後でずっと話を聞いていたらしい。

彼は悪い人ではないのだろう。大事なものの為なら倫理も道徳も蹴り飛ばすというだけで、平時に生きるには真っ当な人間。即《すなわ》ち、フウタと似た価値観の人間だ。

だからこその提案であったのだろうし、現にその提案は有り難《あがた》いものだ。時間が無い。急いでいる。そして、ウィンドという男は確かに強そうだ。

だが、その提案にフウタが揺れることは無かった。

「ですが、構えてください」

彼女と約束したから――ではない。たとえ、八百長に対する後悔が無かったとしても、フウタは同じ選択をしただろう。何故《なぜ》なら。

「普段から手加減しているつもりはありませんが」

ベアトリクスとの取り決めの後、プリムだけは気づいていたフウタの変容。

ひりつくような闘気が、ウィンドに向けて殺到する。

「――今の俺はいっぱいいっぱいで……うっかりすると本当に殺してしまいそうなんだ」

「っ――！」

今、コローナがどうなっているか分からない。ベアトリクスという女は、ほぼ間違いなく彼女と接触した。その先でどんなことになっているか、気が気ではない。フウタの心中は、焦燥と不安でいっぱいだった。他のことに目を向ける余裕など、欠片《かけら》もない。

ははっ、と。ウィンドは思わず、笑いを漏らした。

「なるほどなるほど。これは確かに――」

その先は流石に、口にする気にはなれなかった。本当に死ぬかもしれない、などと。

だから、精一杯。

ぶつけられた闘気に応じるように、冷や汗のにじんだ手で鉄鐗を握りしめる。

「――良《い》いだろう、かかってこい若造」

開始の合図は黒服。ベアトリクスがお手並み拝見とばかりに口角を上げる。

だが、彼女の唯一の誤算は――フウタの力量を見誤ったことだった。

　フウタは、〈闘剣士〉ではない。ただの〈無職〉だ。そうであるが故に、闘剣士の戦い方は出来ない。暗殺者の戦いも出来ない。出来るのは模倣。手加減は不可能。

　だから相手の戦い方に依存する。目の前に居るのは、大切な人の為なら殺しも躊躇《ためら》いの無かった、殺人術の使い手。即ち。

「ぐ、おおおおおおおおおおおお！！」

　一撃が、振り抜かれる。情け容赦なく命を狙うその鉄鐗《てっかん》は、最少の手数で以て命を刈り取る凶《まが》つ刃。頭に一撃くれてやれば、脆《もろ》くもひしゃげて絶命する。

　人間とは、意識すればいとも簡単に死ぬものだ。だからこそ一撃必倒の凶器は、是が非でも防がねばならない。逆に言えばその一撃を避ける為ならば、どんな防御も捨てなければならない――それが。

　たった今、外壁に叩《たた》きつけられたウィンド・アースノートに課せられた使命だった。

「……は？」

　ベアトリクスは思わず声を漏らすも、そんなものは戦う二人には意味をなさない。

「――そこだ！」

「ぐっ、おおおおおおおおおお‼」

　一撃を防ぎ、その威力に吹き飛ばされて地面に叩きつけられること二、三度。

ようやく体勢を立て直して立ち上がれば、すぐさま目の前に振りかぶられた鈍色《にびいろ》の雷。たまらず横転して回避すると同時、大地を割るような衝撃が屋敷《やしき》中に響き渡った。

「こ、これは——笑えませんな」

「まだだっ……‼」

《模倣：ウィンド・アースノート＝我流乱打》

大地に叩きつけられた鉄鐗は、その威力を十全に発揮し地面に亀裂を走らせた。その反動のままにフウタはウィンドに迫り、左手の鉄鐗で猛追する。たまらないのはウィンドだ。

鉄鐗という武器は凡《おおよ》そ守る為には出来ていない。殴りつけ、叩き潰し、その勢いを乗せた鉄の塊だからこそ凶器となりえる打撃武器。守りに回ればその重さは仇《あだ》になり、また重量の大きな武器を受けに振るう力と、打たれた際に響くダメージが次々に折り重なって疲労を嵩《かさ》ませる。——故に鉄鐗使いは攻勢一辺倒。

振るう暴威は嵐の如《ごと》く、たった一度の反撃も許さず相手の刃をへし折り叩き割り打ち伏せる。それを誰よりも知っているのは、他ならぬ鉄鐗使いのウィンドのはずだった。

だというのに、何故だ。

目の前の男は鎗使いではなかったのか。まるで、長年鉄鐗と連れ添ってきたかのような熟練の技と、自分と同じように鉄鐗を前にした人間の追い込み方を知っているその動き。

襲い来る鉄鋼の打撃を正面から受けてしまえば、既に次なる鉄鋼が振るわれる直前だ。引き絞られた弓のように、右に左に鉄鋼が乱打と振り回される。

一撃一撃の狙いも精密かつ高速。命のやり取りに慣れているウィンドだからこそ、その一つ一つが本当に自らの命を刈り取るに足る攻撃だと理解出来た。

理解出来てしまったら、もうひたすらに受け続けるしかない。

「……はは、これはっ！」

思わずウィンドの口から笑いが漏れた。次から次へと眼前の男の鉄鋼は、ウィンドの急所を狙い来る。そこに全く躊躇いは無く、防戦一方のウィンドは早くも息を荒らげている。

そして。その鋭い眼光と、ウィンドの瞳が交錯する瞬間。確かに、ウィンドは萎縮した。

確実にこちらを殺《や》りに来る。その冷徹さはかつての己と同じ。

認めざるを得なかった。フウタという男は自分よりも圧倒的に格上であるということを。

別にこれは殺し合いではない。勝つ必要もあまり無い。

報酬は確かに大きいが、今では娘も元気なことだ。

そして、彼にとっては娘の生活――ひいては己の食《く》い扶持《ぶち》が最も大切。

ここでウィンドは、敢《あ》えてフウタの重い一撃を誘う挙動に出た。

「――ッ」

ぴくりとフウタが動く。隙とも呼べないような、しかしギリギリの空白。

それを意識的に作り出すことは、余程の武芸者でなければ不可能だ。はたしてそれをする技量が彼にあるかないか、《模倣》で軌跡を知ることの出来るフウタには分かる。

彼にはその誘いをする力がある。だが敢えて乗る理由もあった。

ここで博打《ばくち》に出るのは、──短期決着を思えば悪くない。

そしてこの隙が誘いだったとして──フウタを上回る何かを、ウィンドは持っていない。

模倣したからこそ分かる、相手の技量の軌跡。

「見抜かれたと思いましたが……敢えて乗ってきましたかっ」

「それでも、上から殴るだけだ」

「──まあ、確かに。倒す為の誘いではありませんからな」

ひたすらに防ぎ凌《しの》いでいたのは、そうするしかなかったからだ。

鉄鐗という武器と、それを二本握って振り回す戦闘スタイルを考えれば、たった一撃でも貰ってしまったら即ち死が待ち受けている。正確無比な急所狙いが飛んできているとすれば猶更《なおさら》のことだ。だからこそ、こちらも鉄鐗で受けきるしかなかった。

作り出した間隙《かんげき》にフウタの鉄鐗を誘うその挙動の目的は、自らの鉄鐗でいなすこと。

一度フウタとの間に距離を作った。──悪手だ。攻勢に出ているフウタが圧倒的に有利。

それをウィンドは是とした。そして、その言葉を最後に。

「――いやはや、お強いですな」

振りかぶった全力の鉄鐗の一撃を受け、勢いよくウィンドは吹き飛んだ。――追撃するまでもない。彼は自らこの結末を選び、背中から樹木に激突してくずおれた。

「……いえ。是非もう一度、ちゃんと試合がしたいですね」

「こほっ……ええ、その時こそは」

鉄鐗を納めたフウタは分かっている。殺してしまうかもしれないほど本気で殴りかかったフウタに対して、傷を受けずに敗北する、その最も冴《さ》えたやり方こそがこれだったと。

彼はフウタに比べれば強くはないかもしれないが、生存術に長《た》けた用心棒であった。

――勝者、フウタ。

結果的に勝利を握らされた形となったフウタは、一息ついて振り向く。

「さて。――約束のものを渡して貰うぞ、ベアトリクス」

彼女が弄んでいた小箱。そして、彼女の知っているであろうコローナの情報。

全てを引き出すつもりで、フウタは彼女を睨《にら》み据えた。その視線の先で彼女は。

「う……うっそでしょ？」

信頼していた用心棒が、圧倒された挙句吹き飛ばされて。

平静を装《よそお》いながらも、強気に上げた口角を引きつらせていた。

彼女の足元には、摘まんでいたカップケーキが転がっていた。

つかつかと歩みよるフウタの表情は険しい。それは今の試合に対する彼の申し訳なさが発露したもの。ウィンドに対する、殺意むき出しの戦いであったり、必死に生還の術を探した彼への敬意であったり。が、どうにも。

「わ、分かったわよ……」

彼女には、いっぱいいっぱいなフウタから漏れる闘気が威圧に感じられてしまったらしい。遠目から樹《き》に寄りかかって事の展開を見届けていたウィンドは、緩く笑った。

「あたしを萎縮させようだなんて、良い度胸じゃない……！」

「別に萎縮させているつもりはない。──確かに、言われてみれば」

目を閉じて、フウタは呟《つぶや》く。考えてみれば、ベアトリクスを威圧して無理やり小箱を奪い取ることは出来た。だがそれは、絶対にライラックに迷惑がかかる。

本当の本当に最終手段としてしかやりたくはなかった。

「実際、王女様なら俺がどう動くかなんて予想できそうなものだし……なのに止めが入らないということは、俺がここで何をしても良いということなのかもしれないけど」

「っ……!?」

思いついたから口にした。フウタにとってはそれ以上でもそれ以下でもない台詞《せりふ》。

だがこの状況で、自らが腕を信頼していた用心棒をあっさりと下すような男が、鉄鋼を手にしたまま口にする言葉としては最上級の脅迫だ。

「な、なによ、あんた……何をする気……？　小箱は渡すって言ってんでしょ……？」

「？　別に何もするつもりはない」

様子の変わりように、今度はフウタが首を傾《かし》げる番だった。

「──何かしたのか、プリム」

「いや私のせいかよ」

呆《あき》れたように眦《まなじり》を下げるプリムは、しかし何も言わない。だって彼女にとっては、散々おまけだの敗北者だの言ってくれた女がここまでビビり散らかしている状況が面白くて仕方ないから。ただ、その答えは簡単だった。

得てして。権力というものは確かに強大だ。だがその反面権力の及ばない人間や、その権力で将来に脅しをかけることの出来ない人間には酷《ひど》く弱い。支配圏をぐんぐんと伸ばし、ありとあらゆる状況に応じられるほどに金を権力に変換し続けてきた彼女だからこそ。

将来に全く頓着しない〈無職〉の無敵ぶりに、どうしようもなく相性が悪かったというだけのこと。それが、個として圧倒的な力を持っており、王女のお抱えなんてオプションまで付いている。

ベアトリクスにとっては、天敵の爆誕に混乱するのも致し方ないといったところだった。

そんな彼女の慌てようを、フウタの後ろからウィンドが愉快気に笑っていた。

「何であんたは笑ってるわけ？　報酬はゼロよ」

「分かっております。フウタ殿との相性が悪すぎました」

「……武人のあんたがそう言うのなら、そうなんでしょうよ。ふん」

少し、その光景にプリムは驚いた。あんな横暴な経営者なら、もう少しウィンドに辛《つら》く当たるものだと思っていたが。どうも、自分の出来ないことに対しては専門家に譲る気概も持ち合わせているらしい。金で全てを解決しようとしたスタンスが今回は仇になった形のようだが、ある種上司としては理想的な側面はあるのかもしれない。

自分は、リヒターに雇われたことに不満は全く無いが。

と、そこでフウタが一歩前に出た。合わせてベアトリクスが、う、と一歩下がる。

「ベアトリクス」

「なによ。用事は終わったでしょ。帰りなさいよ……」

考えて考えて考える。彼を排除できる状況に詰めさえすれば、どうとでもなる。

だが、今彼を脅すのは悪手だとベアトリクスは判断する。フウタが図らずも口にしてしまったライラックという存在が、彼女から脅迫というカードを奪い去ってしまった。

言われてみれば確かにそうだ。ここで何が起こっても良《い》いからこそ、ライラックはフウタを野放しにしている。ベアトリクスが消されたとして、ライラックが立て直す手段を用意しているとしたら？　もしそうなら、ベアトリクスの身は全く保証されていない。

目の前の、謎の〈無職〉によって。尤《もっと》も、フウタにそんなつもりはないのだが。

頭が働く故に、ドツボにハマってしまっているのが今のベアトリクスだった。

久々に、目の前のことを切り抜けるという思考に全力を割かなければならない事態。

裏では既に本部中の護衛を呼び集めてはいるのだが、フウタと――そしてそのフウタと斬り合っていたプリムの二人を相手に、どれだけ自分の身が守られるだろうか。

金は、命とは釣り合わない。目を逸《そ》らしていた現実に、苛立《いらだ》ちながらも考える。

残されているのは、試合の前に手にしていた無形の財産というカードだけ。

「――条件用意して、ここまで譲歩してあげて、約束も果たした。もう用はないでしょ。少しは有《あ》り難《がた》く思って帰ったらどう？」

薄い胸を張って、虚勢も良いところの発声。しかし腐っても〈経営者〉。その切り替えの早さと堂々とした佇《たたず》まいは、プリムも少し感心するほど。しかし、フウタはこの状況のあらゆる情報を理解していない。交渉も何も素人《しろうと》である無敵の〈無職〉は、ベアトリクスが懸命にアピールした、恩というカードを完全に無視する。

「お前らがコローナを攫《さら》ったんだろ」

「……そんなことまで言うような条件にはしてないけど？」

フウタに押し付けた小箱を指さして、彼女はそう告げた。

「あたしは三つ目の条件の時に、その小箱をあげることを対価にしたはずよ」

「コローナを引き渡すことは出来ないって言うのか？」

睨み据えるフウタの一言。交渉もへったくれもない真《ま》っ直《す》ぐな瞳に、ベアトリクスは苛立ちながらも正面から見つめ返して言い放った。

「――居ないわよ」

ぴくりとフウタの眉が動く。彼の挙動を気にすることもなく、ベアトリクスはツーサイドアップの髪を弄《いじ》りながら乱暴に続けた。

「あのメイドはもうここには居ない。連れ去ったっていうのも随分な話ね。さくっと来てくれたわ。自分の足でね。だからあんたに物騒な気迫向けられても困るってわけ」

「自分の足で……？」

フウタは目を閉じた。彼女が、自分の足でベアトリクスたちに合流した。その言葉の真偽は、フウタには分からなかった。

だってそうだ。

コローナがオルバ商会に接触する理由があるかどうか、フウタには分からないのだから。

それが最初からコローナの目的だった――とそこまで考えて首を振った。

だったら、ベアトリクスたちが彼女を捜していたことに説明がつかない。

けれど思い出す。コローナに日頃の御礼《おれい》をと提案したささやかな会を。その、日取りを。

十日後というのは、コローナの定めた日数だった。そして彼女はフウタとライラックと食事を共にして姿を消した。思い返せばあの十日間、コローナの様子はおかしかった。

何故《なぜ》？　何のために彼女は居なくなった？

――ベアトリクスとの合流をあっさりと受け入れたのは何故？

自分で考えても、限界がある。フウタは自分の頭を信用していない。

だから正面から問いかけた。

「その、一緒に来たコローナをどうしたんだよ」

ベアトリクスは、観念したように首を振り、真っ直ぐにフウタの目を捉えた。

「何を言っても、オルバ商会に害を与えないと誓ってくれる？」

「……分かった」

フウタが頷《うなず》いたことを確認すると、「あんたも察してるとは思うけど」と前置きして、言い放つ。フウタが思いもしない、一言を。

「売り払ったわよ。当たり前でしょ？」

何を言われたのか、一瞬理解が出来なかった。

「別に乱暴な真似《まね》はしてないわ。する意味もないくらい、大人しく言うこと聞いてくれたからだけど。ほんと、〈奴《やつ》ら〉の考えてることはあたしには理解出来ないわね」

奴ら。それはまるでコローナ以外の人間を含んでいるような言い方だった。

彼女をどんな括《くく》りで纏《まと》めたのだ。メイド？　人種？　――或《ある》いは。

「なんで、コローナを売り払うのが当たり前なんだ」

怒りを押し殺したようなフウタの問いに、ベアトリクスは一瞬驚いて。

そして納得したように彼を見た。その瞳には、どこか憐憫《れんびん》すら浮かんでいて。

「ああ、知らなかったのね。そりゃ隠すわよね。あたしも、三日前に初めて知ったし」

「なに、を」

「仕方ないから教えてあげるわ」

〈奴ら〉。その括りは、仕事でも人種でもなく。

――〈職業〉。

「――〈魔女〉は金になるのよ」

「……〈魔女〉？」

愕然《がくぜん》と。呟くフウタに、ベアトリクスは煩わしそうに頬の裏を舌で突く。

「そう。特定の国では処刑対象にもなっている、人の道理に反した魔導を扱うとされる〈職業〉。聞いたことない？　生の〈魔女〉は相当珍しいけど、魔女狩りなんて呼ばれる連中なら今も世の中にゴロゴロ居るわよ」

ふん、と腕を組むベアトリクスは、じりじりと微動していた。威勢よく、そして滑らかな弁舌とは裏腹に、すり足宜《よろ》しくフウタから離れるように後退していく。

「それで、あんたらは。金になるからとコローナを捕まえて売った？」

「そのつもりだったけど、やけにあっさり『好きにしていいですよ』なんて言うもんだから、大人しく部屋で待機して貰《もら》って、普通に引き渡したわよ。こんなあっさりした人身売買初めてだわ」

「どこに‼」

フウタの声が自然と荒らげられる。ベアトリクスがびくっと反応した瞬間小さく吹き出したプリムを睨《にら》みつけ、牽制《けんせい》したベアトリクスは一息。フウタを見れば、放っておけば本当に摑《つか》み掛《か》かりそうだ。

彼が自制しているのはひとえに、ライラックに要らぬ面倒をかけたくないがため。

そのか細い糸も、ベアトリクスの返答次第ではぷつりと切れてしまいそう。じっと真っ直ぐ彼女を見据える瞳に浮かぶ意志は、コローナを救うという気迫と、そしてライラックに迷惑を掛けない為《ため》に、目の前の障害に対して怒りを抑えている猟犬のような威圧。

ベアトリクスの思考が巡る。……こいつを敵に回しておくメリットはなんだ？？？

口だけの雑兵でもない。頭の無い暴走導力機関車でもない。

ただ大切なものの為に戦う強者。なるほど、ライラックにとっては扱いやすいことこの上ない駒だろうと、ベアトリクスは一人納得する。今彼女が抱える、フウタを敵にしてでも守るべきものは、商人としての信用――即《すなわ》ち、依頼主からの信頼。それと天秤《てんびん》にかけて、フウタの側に鞍替《くらが》えした時のメリットとデメリットを冷静に考える。

ベアトリクス・M・オルバとは、必要とあらば親の仇《かたき》の靴だって喜んで舐《な》められる女だ。

オルバ商会に危害を加えないという言質《げんち》は貰えたのだ。

ベアトリクスにとっては、それさえあればあとはどうなっても構わない。

「……もう、いいや」

空を見上げて、ベアトリクスは呟《つぶや》いた。

「洗いざらい話すわよ。依頼主に守秘義務突き付けられてるから、まあ内密に宜しく」

そう言いつつ、腹いせにバラされるくらいは構わないとでも思っていそうな表情。

「全部話すってことか。コローナのことも、依頼主も」

「そう言ってるでしょ」

「フウタくんフウタくん」

ちょいちょい、とフウタはここでプリムに袖を引かれた。

軽く耳打ちをされて、フウタは頷く。

何を言うつもりだ、と半眼になるベアトリクスに向かって、フウタは告げる。

「黙っていてやる条件がある」

「……言ってみなさいよ」

「主《あるじ》からの願いを一つ、受け入れることだ」

「あたしたちに出来ることなんでしょうね」

「そこらへんは、本人に聞いてみる。オルバ商会に出来ることを頼むだけだ」

「…………まあ良いわ。物理的に無理なら突っぱねられるってことでしょ」

「ああ」

それだけ、ベアトリクスにとっては今の状況が堪《こた》えるのと——たとえ口約束であったとしても、商会の信頼《ブランド》は何にも代えられないという意思表示だった。

先の、別に構わないという表情をブラフだと読みきった彼女の勝利である。フウタの後ろで小さく拳を握りしめたプリムをよそに、フウタは自分の話を進める。

「コローナをどこに売ったんだ」

「法国神龍騎士団」

即答なのは誠意の表れか。そんなことはどうでも良いが、フウタには一瞬取引先がピンとこなかった。だが、プリムはすぐに察したようで目を見開く。

「フウタくん‼　法国って——！！！」

「……そうよ。魔女の生存を許さない、神官たちの国。今、ちょうど国王の帰還と一緒に、この国を訪れているでしょうっ——⁉」

その瞬間、フウタの拳がベアトリクスが先ほどまで座っていた椅子を砕く。

「——っ！！！」

「……商会に、害はないはずだ」

フウタ自身、自制が利《き》かなかったのだろう。申し訳なさを滲《にじ》ませた一言に、ベアトリクスは口角を引きつらせて頷く。

「話してくれて助かる」

生唾を飲み込んで、首を縦に振るベアトリクス。

「そこに、売ったんだな」

「……てゆか依頼人がそこよ。そこの団長が優れた〈神官〉で、あのメイドが〈魔女〉ってことが分かったらしいわ」

「……ああ」

フウタは空を仰いだ。──全てが、繋《つな》がった気がした。

わざわざ、十日後と期限を切ったこと。今までで一番美味《おい》しい食事だと言ってくれたこと。そして──フウタが彼女に、生きていて欲しいと願ったこと。

コローナは、最初から法国の神龍騎士団とやらが王城を訪れることを知っていて。その時起こるであろう面倒を予測して、フウタとライラックの下を離れたのだ。自分が目の前で捕まったり、自分のせいでフウタが危険な場所へ足を踏み入れることを嫌って。法国との友誼《ゆうぎ》と、メイドのコローナを天秤にかけて、ライラックがコローナを取ることはないだろうと予想して。そうなったならば足掻《あが》くのはフウタだけ。

それではきっと、招く結末など変わらない。

だから。彼女は、フウタに知られずひっそりと消える道を選んだ。

「……この小箱、どのみち十日後くらいには姫様に渡すつもりだったのよ」

ベアトリクスの言葉で、フウタは我に返った。

「何故それを言わなかった」

「あんたが、ウィンド相手に善戦出来るような奴なら、別に渡しても良いかなってだけの話。……善戦どころじゃなかったけど」

「……どうしてそこが関係するんだ」

困惑を露《あら》わにするフウタに、ベアトリクスは告げる。その瞳が何を想《おも》っているのか、フウタには知る由《よし》もなかったが。今はどうでもいいのも、確かな話だ。

「だって、遺書みたいなものだしね。抗《あらが》う力の無い奴に今渡したところで、無駄な死人を一人増やすだけ。それは流石《さすが》に、死に行く奴に申し訳ないでしょ」

遺書。

フウタは握りしめていた小箱を見つめる。これは録術を使ったオルゴールだと聞いていた。だが確かに、音を閉じこめているだけのものだともコローナは言っていた。

これを遺書と言うならば、きっとここに彼女の伝言が入っている。

——フウタはそっと小箱を開いた。

『あー、あー。チェックチェックっ。うん、反応してますねっ！　それじゃー全国のフウタ様っ、あとおまけで王女様っ。ちょっとメイドの最後のお話、聞いてってー？』

「——コローナ」

声が聴けたのに、安心が出来ない。そんな初めての状況に、フウタは万感の想いを込めて胸元を握りしめた。そして目をぎゅっと瞑《つぶ》って、フウタは小箱を一度閉じると。

「プリム、悪い。俺は姫様のところに戻る。全部あの人に伝えなきゃならない。いや……コローナを救うために、姫様の力がどうしても必要だ。土下座してでも頼み込む」

「あ、うん、急ぎなよ」

「——ありがとう」

言うや否《いな》や、フウタは風のように消え去った。

余程必死だったのだろう。プリムは一度目を閉じて。

それから、憎き経営者に舌を出した。

「じゃ、私の主のリヒターくんに、溜《た》まりに溜まった商会への借金チャラにしてくれるらしいよって伝えてくるねっ」

「はぁ！？！？！？！？！？！？！？！？！？！？」

『――この〈魔女〉が‼』
るーんぱっぱー、うんぱっぱー。
気分が明るくなる魔法の呪文。
『どうしてお前のような化け物がここに居る……‼』
るーんぱっぱー。うんぱっぱー。
おかしいね？　家畜が死んで泣いてたから、蘇《よみがえ》らせてあげたんだけど。
やっぱり、魂入ってないとダメなのかな。
『何をへらへらしてんだよ‼』
るーんぱっぱー、うんぱっぱー。
投げつけられた石は、ぶつかる前に手の中に戻そう。
人を痛めつけても、良い想《い》いはしないって誰かが言ってたし。
『う、あ……し、死ね！　死ね‼』
るーんぱっぱー、うんぱっぱー。
やっぱり魔女だからダメなのかな。そう思って、神官さんだよって嘘《うそ》ついてみた。でもダメだった。本物の神官さんは、〈職業〉を一目で見抜けるんだって。
『……』
ふと、壁に貼られたスクロールに目を向ける。
〝時の魔女〟の指名手配。見た目はどうしようもなく自分そっくり。
るーんぱっぱー、うんぱっぱー。
旅の行く先。根無し草。誰も彼もが、怯《おび》えたように牙を剝《む》く。
歩いているところをよく撃たれた。寝ているところを、よく襲われた。
……自分の怪我《けが》は、治せないんだけどなぁ。
るーんぱっぱー……。うんぱっぱー……。
ふむー。やっぱり。生きていれば良いことがあるなんて……嘘じゃないかな。
生きていても良いことなんてない。どのみち削れる自分の寿命。
うん。もう考えないことにしよう。
るーんぱっぱー、うんぱっぱー。
『何を笑っているんだ……こいつは……‼』
『知らねえが、撃て‼　殺せ‼』
自分を見るなり、笑顔の人々が怯えたように目の色を変える。

少し悩んで、ふと思った。自分が居なければ——みんなずっと笑えるんじゃない？
『ようやく捕らえたぞ……〝時の魔女〟‼』
『……こんな小娘に、どれだけ手こずったんだ俺たちは』
『だがこれで、法国からはたんまりと報酬が出るってこった』
ある日、腹部に感じた鈍い痛みで目が醒《さ》めて。
気が付いたら両手両足縛られていて、磔《はりつけ》にされて囲まれていた。
確かに最近はもう面倒になって、寝る前に動いた叢《くさむら》も気にせず寝付いていたけれど。
なるほどなるほど、あっけない。
『さて、術を使われても面倒だ。両手くらいは切り落とすか』
『そうだな、そうしようか』
忌《い》み嫌《きら》われた〝時の魔女〟が、死ぬと分かれば楽しそう。
ああ、やっぱり——。
そう思った時。振るわれた銀閃《ぎんせん》が、あっという間に男たちの喉元を貫いた。
『あ、え……？』
『貴方《あなた》たちに恨みはありませんが。必要なのはそこの〈魔女〉だけですので』
銀の髪を払った少女との出会いは、およそ三年前のこと。

『――〝契約〟をしましょう』

真《ま》っ直《す》ぐに自身を射抜く瞳は、蒼《あお》。

『生きたい理由も、死にたい理由もないのでしょう。ならその力、わたしの為《ため》に振るってください。まずは一年。更新するかは貴女《あなた》の自由。ここで無為に命を散らすくらいなら、わたしの役に立ちなさい』

それは、彼女の〈職業〉や〝契約〟の魔導も関係のない――〈魔女〉と取り交わす一つの取引のようだった。歌うように紡《つむ》がれる言葉に、疲れ切った〈魔女〉は問う。

『役に立てば、なんか変わります？　わたしに分かるはずがないでしょう』

『さぁ？　そんなもの、わたしに分かるはずがないでしょう』

まるで〈魔女〉の生に興味がないように、その銀の少女は告げる。

『わたしはただ、放っておけば腐り落ちる果実を拾いにきただけです。ですから、そう。――否《いな》と言うならこの場で果てろ。応と言うなら、まあ、〝可能性〟は残りますか』

冷たくも、初めて真っ直ぐに〝彼女〟を人として見据えた瞳に、空虚に笑う。

『ぷっ。あははっ。可能性、可能性！　そんなもの――この十と余年、どこにもありませんでしたよっ？　……そんなものに縋《すが》れと、貴女は言う感じですかねっ？』

笑えば痛むお腹《なか》は、たぶん昏倒《こんとう》させられた時に殴られた場所。けれど、軋《きし》む手首も縛られた足首も、打たれただろう背中もどこも痛いなら、もうどうでもいい。

『──は？　自ら模索しない者に道を拓《ひら》いてやる道理がどこにありますか。見苦しいですね。これだけの過酷を受けていながら、貴女はただ救いを待っていると？』

『どうでもいいだけですよ。死にたいの？』

人の言葉に不快になったのは、きっと初めてのこと。自ら模索、などと。そんなこと、もう張り切る元気すら残っていない。乾いた唇を尖《とが》らせれば、銀の少女は胸を張る。

『──わたしは、生きたい』

その一言に、何かを感じた。それは過去であったり、軌跡であったり。自分のことを棚に上げて、ろくな人生ではなかったのだろうと少し察して。

差し伸べられる手を、見つめた。

『──わたしが生きるために、貴女の力は有用です。これは、わたしが貴女を利用する一方的な提案です。貴女のメリットなど、考えていません。だって──求めるものが本当に無いのなら、利を提案する意味なんて無いでしょう？』

『あはは』

思わず、笑った。随分と自分勝手な提案ではあるけれど。
『いいですよ』
でも——それでも誰かに不要と忌み嫌われるよりは、必要とされていたい。
『しばらく、使われてあげるっ』

——使われて、良かったと心から思う自分が、三年後の今日の自分。
『この人には指一本触れさせせねえ』
『ぶ、無事か、コローナ⁉』
『——俺が守るから、離れないでくれ』
ああ。……楽しかったなぁ。

†

しんしんと降る雪景色のような音色が、静かに部屋を満たしていた。

王城はライラック王女執務室。陽射《ひざ》しの差し込まないこの場所は、こうも天気が悪いとさらにどんよりと重たい影を落とす。ただ、彼女はそんな鉛のように鈍重な空気を気にも留めず、ただ政務に精を出していた。――気にも留めず、ではなかった。

片手の指も折れない数しかいないライラックの理解者であれば、彼女が気にも留めないのではなく気にしないよう振る舞っていることに気付いたかもしれない。

窓から見える空は曇り。溜め息《いき》を一つ。仕込みは全て順調だ。今までで一番うまくいっていると言っても良い。だというのに、心は晴れない。

――三年前を思い出す。あの頃と今とでは、実力も環境も何もかもが違う。あらゆる全て、自分の手でつかみ取ってきた。三年前にもっと頭が回れば、今をもっと良い状況に持っていけたはずだ。にもかかわらず三年前を想起するのは、ひとえに誰も味方がいないと分かっているからだろう。たった独り、世界を相手に生き抜いてきた。

くだらない感傷だ。あのメイドとは所詮〝契約〟関係だ。切れれば終わり。敵でないにせよ味方でもない。自分から切った〝契約〟ならまだしも、相手の方から切ってきたのだ。

みっともなく縋ったところで、以前と同じ立場にはならない。

〝契約〟を結ぶのは、対等な相手か格下のみ。良いように利用されて終わり、という可能性がある以上、不利な条件で誰かを味方に付けるのは悪手だ。

フウタも、じきに戻ってくる。だから、これで良い。

彼の表情がどうなっているかは想像に難《かた》くない。ただ――大切な人を失った傷は、時間がどうにかしてくれるものだと、ライラックも知識では知っていた。

何度も、そういう人間を見てきた。だから、これで良い。

〝契約〟の切れたコローナを救うなど、メリットとデメリットが釣り合っていない。

国王がどうなるかはさておいても、法国との繋《つな》がりは持っておくに越したことはない。

彼女が契約を切りさえしなければ――。

「……たられば は不要」

首を振る。ヒールの音が、オルゴールの音色に合わせてゆっくりと響く。

前に立つと、蓋を開いている間は延々と奏《かな》でられる――彼女の作った小さな箱。

録術を落とし込めるというその小さな箱に、どこから仕込んだのか美しい音色を封じて。

あの魔女をメイドに命じた自分の采配は、間違っていなかったと思うのだが。

――結局、彼女も〈職業〉の宿命に逃げるのか。

「……ふぅ」

天井を見上げた。自分でも何故《なぜ》そんなことをしたのか分からない。

けれど、時間差で気が付いた。感情が揺さぶられたわけでもないのに、頬を伝う何か。

馬鹿げている。〝契約〟相手に抱いていた期待を裏切られただけだ。そんなこと、いつものことだろう。気にせず前を向いて、自分の目指す目的の為に戦うだけ。

そう、戦うだけだ。

拳を握り、己に言い聞かせた時だった。

「――王女様！！！！」

瞬間、開かれた扉。

反射的にライラックは小箱を閉ざした。部屋に流れていたオルゴールの音色がはたと止まり、瞬間的に背を向けたライラックの姿だけがフウタの視界に映り込む。

「ノックもせずわたしの部屋に入ってくるなんて、幾ら貴方でも――」

「申し訳ありません、ですがっ…………王女様？」

「何です？」

背を向けたままの彼女を呆然《ぼうぜん》と見つめ、フウタは言葉を漏らした。

顔も見えないままなのに、随分と儚《はかな》いその背中。

「何か、あったんですか？」

「別に何もありませんが――それより、何の用ですか」

振り返ったライラックはいつも通りの澄ました表情。はっとしたようにフウタはライラックのすぐ近くまで駆け寄ると、そのままの勢いで頭を下げた。

「お願いします！！　コローナは、このままでは法国に連れていかれて殺される！」

「……でしょうね」

「知って、いたのですか……？」

「そういう形も考えてはいました。大方街を出る前に見つかったというところでしょう」

「そのようです。……だから！　王女様に迷惑をかけない範囲で良《い》いんです！　どうか彼女を助けだすのに手を貸してください！　俺は、あの子が死ぬなんて絶対に嫌だ！」

頭を下げ、震えるフウタの体を、ライラックは静かに見下ろした。

一言二言口にしようとして。躊躇《ため》ったように閉ざして。そして首を振って、告げた。

「――迷惑をかけない範囲など、ありません。わたしがあの子を救うのに手を貸せば、多かれ少なかれわたしが危害を被ります」

「そんな」

思わずといった様子で顔をあげたフウタを見つめて、ライラックは眉を下げた。困ったように。ただそれも一瞬のこと。「それに」と付け加える——隠し切れない本音。

「コローナはわたしのことなど信頼していません」

「そんなことはありません‼」

「あります」

静かなれど、ぴしゃりと彼女はフウタの言葉を断ち切った。そっと、ドレスグローブに包まれた右手で、自らの左腕を抱きかかえて。口にするのも屈辱そうに、彼女は。

「……信頼していないから、出奔したのでしょう。わたしが、メイド一人よりは法国との友宜を取ると判断したのです。そうでなければ、出て行く理由が無い。違いますか」

「王女様……」

目を閉じて思い返せば、何てことはない。自分にとって彼女が〝契約〟以外の何でも無かったように、彼女にとっても同じことだったというだけ。

だからライラックはコローナの出奔を知って、フウタを気にかけてのことだろうと結論付けたのだ。自分が切り捨てた時に、フウタが心を痛めると思ったから彼女は王城を去ったと。自身の命は二の次どころの話ではなく。天秤《てんびん》にかけるまでも無い。そして、そこにライラックの介在の余地はない。信頼関係には程遠い、ただの契約であればこそ——。

考えれば考えるほど整合性は取れている。自身の推測は間違いないと教えてくれる。

それがどうしてこんなにも——やるせないのか。

歯噛《はが》みする己の顔を見せたくなくて、フウタに背を向けようとした、その時だった。


「——違うよ、王女様」


我知らず震えていた手。きつく腕を握っていたらしいライラックの手を、そっとフウタは手に取った。我に返ってフウタを見れば、なんという顔をしているのだろう。

泣きそうで、苦しそうで、それでもライラックを想《おも》う優しい瞳。

「何が違うというのですか」

「何もかもだよ。——王女様。俺はさ、ずっと思ってたんだ。二人に仲良くしてほしいって。こんな形になっちゃったのは嫌だけど、でも」

懐《ふところ》から取り出した小箱に、ライラックはそっと視線を落とす。

「どういう……それは、コローナの小箱？」

「……コローナが想ってたのは、俺のことだけなんかじゃない」

見覚えのあるそれは、しかしオルゴールとは違う。フウタが数日前に貰《もら》っていたものとは異なるし、自分のものは部屋にある。

そっと開いたそれから聞こえてきたのは、――彼女の声。

『あー、あー。チェックチェックっ。うん、反応してますねっ！　それじゃー全国のフウタ様っ、あとおまけで王女様っ。ちょっとメイドの最後のお話、聞いてってー？』

「……これは」

ライラックは静かに片眉を上げた。

出だしのおまけ扱いに思うところが無かったと言えば嘘《うそ》になるが、底抜けに明るいその声はくぐもっていて、どこか狭い場所で録《と》られたものらしいことを察する。

「ベアトリクスから回収した。十日後に王女様に渡すはずだった遺書だとか」

「……遺書、ですか」

回収という台詞《せりふ》で粗方の展開を察したライラックは、静かに小箱を見つめた。フウタもそれ以上は何も言うことはない。ただ流れる音声が、静かな執務室に響く。

『えーっと、最初は残すつもり無かったんですけど。何でですかね。フウタ様と姫様には、なんか最後に言いたいことがわーって出てきちゃって。困った困った』

何故そんな感情に至ったのか、何も理解していない様子で。

彼女はあっけらかんと言葉を紡《つむ》ぐ。

『フウタ様には、メイドが死んだって分かっちゃったら聞いて貰うと良いですねっ。どうせ最初は姫様一人で聞くかー、何も聞かずにぽいするかだと思うので。ぽいはやだなー。うん、ちょっとやだなー』

あまり聞くことのない彼女の気落ちしたような、切なそうな声色。

『るーんぱっぱー、うんぱっぱー』

その言葉を挟んだ理由を、ライラックは知らないけれど。

『えっと。フウタ様にはですねっ。なんかこう、うまいこと元気を出して欲しいですねっ。メイドのことなんてすっきり忘れて、楽しい人生！　みたいなこととして欲しいので、姫様は頑張るのです。ふぁーいとっ』

努めて明るく、フウタを慮《おもんぱか》ったその台詞に、フウタは我知らず拳を握った。

『急に居なくなったのは、ごめんなさい。ほんとはてきとーにどっか行くつもりだったんだけど、結局こうなったかーって感じ。まあ仕方ないかな。フウタ様は本当に大事にしてくれたけど、メイドはちょっと、人にはよく思われないものなので』

小箱を支える手が、ぐっと強張《こわば》る。それでも、閉じることはない。ライラックには最後まで聞いてもらわなければならない。荒れ狂うような感情を必死に抑えてフウタがちらりとライラックを見れば、彼女は真《ま》っ直《す》ぐ集中したように小箱を見つめていた。

そして、その時が来る。ライラックへの、コローナの気持ち。

『姫様。結局お前はもー！　最後の最後までメイドに少しも心なんて開いてくれないんだからー！　メイドはこんなにメイドメイドして、ちゃんと役に立ってたのにさー。ふらっと出てきたフウタ様に靡《なび》いて、メイドったら嫉妬ものだぞっ？　――嘘、やっぱそうでもない。ぺろりんっ』

お前、などと呼ばれたのも初めてで。

流石《さすが》に、最後に遺《のこ》す言葉ならば本音であろうことも理解していて。

だからこそ、役に立っていた自覚があるなら、契約者として待遇を変えるくらい求めればよかったものを、などと場違いなことにまで思考が及んで。

それでも、一番気になったのは。心を開けという、無理筋なメッセージ。

ころころと表情と共に感情も変える女を相手に、どうやって心を開けというのだ。

嘘か本当かもわからない。

今だって、コローナの嫉妬が本当かどうか、ライラックには読めない。

遺書だというのなら、ちゃんと相手に伝わるように言葉を選べ。そう言ってやりたい相手は、目の前には居ない。苛立《いらだ》ちを胸に耳を傾ければ、言葉にはまだ続きがあった。

そしてその言葉こそが、フウタがライラックに聞かせたいものだった。

『でもさ。姫様──拾ってくれて、ありがと』

ライラックの表情に、困惑が色濃く映る。

『メイドやってる時間が、人生でいっちゃん楽しかったー』

それは、分かっていた。

『本当は、ずっとやってても良いかなって思ってた』

それも、知っていた。だからこそ、信用が置けないという理由しか弾《はじ》き出せない。そう思っていたのに、続く『でも』という否定の二文字。そして。

『メイドの命くらいで姫様に迷惑かけるのはなんか嫌でしたっ。うん、なんか凄《すご》く嫌！』

──息を、呑《の》んだ。だって、最初から最後まで、彼女の言葉は──。

『じゃーま、メイドが居なくなるのが、一番の恩返し？　そう思った！』

無邪気に、ただライラックを想っていた。

「──貴女《あなた》！！！」

思わず半歩前へ出て、小箱をフウタからひったくる。

『だからまー、許して欲しいなー。〝契約〟切るって言った時怒ったのは、流石に分かったし。思ったより短い〝契約〟で、ごめーんね？』

「ふざけるな……‼」

『ふむー。よしっ。なんかすっきり。じゃ、ばいばい二人とも。幸せになれよー?』

録術は、あっけなく終わった。しばらくすればまた彼女の挨拶から始まるであろうそれ。

小箱をひったくったライラックに、フウタが声をかけるよりも先に。

ライラックは、小箱を床に叩《たた》きつけて、ヒールで以《もっ》て盛大に踏み砕いた。

「ふざけるな‼」

抱いた感情の名は怒りだ。

なんのために〝契約〟した。なんのために連れてきた。なんのために、彼女を雇った。

全て、彼女に価値を見出《みいだ》せばこそ。何が、心を開けだ。

お前の方が余程、わたしの言葉など聞いていないではないか――。

「ふざけるな、ふざけるな――ふざけるな!!!」

叫び、床を踏みつけるライラックを、フウタは慌てて止めた。

砕いた破片が足に少しでも刺《さ》さろうものならコトだと。

ただ、彼女は全くと言っていいほど意に介さない。

「わたしを誰だと思っている! 貴女一人如《ごと》き庇《かば》うことが、重荷になるほど脆弱《ぜいじゃく》な王女と思ったか! この節穴が! 思い上がるな!」

髪を振り乱し、小箱の残骸を踏みしめて尚《なお》、怒りは収まらない。

「──恥じて死ね！！！」

はぁ、はぁ、と荒らげた息を整えるように、爛々《らんらん》と輝く蒼《あお》の瞳を動揺にゆらがせて。

それから。力なく倒れ込もうとしたところを、フウタが正面から抱きかかえた。

抱きすくめた胸元で、小さく漏らされる声。

「……愚か者め」

「王女様……」

なんと言えばライラックが喜ぶのかは、フウタには分からない。気の利《き》いた台詞など、未《いま》だに口に出来るような男ではない。だが、言うべきことは分かっている。

「コローナは、貴女の〈職業〉なんて気にしていません。貴女のことを〝契約〟だけの存在だとなんて、思ってません。……俺だけじゃない」

抱きすくめた王女の髪をゆっくり撫《な》でて、彼女の吹き荒れる感情を宥《なだ》めながら。

「コローナも、俺も、貴女のことが好きなんだ」

「……問います、フウタ」

「はい、なんなりと」

「今のは、彼女の本心ですか」

潤んだ瞳が、訴えていた。まるで、救いを求める赤子のように。

「間違いなく。……俺は、彼女と貴女を見て、ずっとそうだと思っていた。……貴女が、自分で思っているよりもコローナを気にかけていることを、俺だけは分かっていました」

「誇らしげに言うことではありません」

息を吐いたライラックは、そっとフウタから身体《からだ》を離す。

そして目元を拭うと、軽く首を振った。

すぐに現れる、〝ライラック王女殿下〟の表情。

「フウタ」

「はい」

「ありがとう」

ふわりと、華やかな笑顔を見せて彼女は続ける。

「神龍騎士団のこと。国王陛下のこと。法国との関係。オルバ商会のこと。コローナのこと。──フウタが得意とする盤面へ至る、お膳立て」

「あらゆる全て、あとはわたしが請け負いましょう」

──王女が、動く。

第四話　困るよ。

王城は中庭広場。貴族たちの憩いの場として知られるそこは、本日も燦燦《さんさん》と降り注ぐ陽光が美しく木漏れ日を描きあげ、心身ともに癒《いや》される理想の場所として機能していた。

ここを設計した自分の祖先を、今日ほどに褒《ほ》め称《たた》えたいと思ったことはない。

――その日、リヒター・L・クリンブルームはたいそうご機嫌であった。

「ほほう……ふむ。なるほど？　ふぅん、へぇ。そうかそうか」

手にはスクロール。証文らしきその文面を陽光に透かしてみたり、ぱたぱたと仰いでインクの香りを楽しんだり、一文字一文字を指さしてゼロの数を数えてみたり。そんな彼の後ろで、鎗《やり》を杖《つえ》代わりにだらんと護衛をしていたプリムは呆《あき》れたようにため息をついた。

「ちょっと気持ち悪いよリヒターくん」

「気持ち悪いとはなんだ。言葉の使い方に気を付けろ」

「国民でもないのに貴族に敬意払えって言われてもなー」

「雇い主だろう」

「私は雇い主に対してはこんなスタンスだよー」

振り向いたリヒターに、ひらひらと振られる手。二房の黒髪が、彼女の気だるそうな雰

囲気に釣られてふりふりと揺れた。その柔《やわ》い笑顔に、リヒターはため息を吐《つ》く。

護衛に雇ってから日は浅いが、それでもこの護衛のひととなりが分かってきた気がした。

普段はだらけているくせ、一度スイッチが入ると蛮族もかくやという猛獣に豹変《ひょうへん》する。強い獲物を見つけては斬りかかろうとする悪癖は、最早《もはや》くせというよりも病気の類ではないかと疑い始めているリヒターだった。

「……まあ、いい」

そう。それでも、別に構わない。扱いにくいじゃじゃ馬であろうとも、意思疎通の難しい東国の蛮族であろうとも、持ち帰ってきたものが持ち帰ってきたものなのだ。

オルバ商会からの膨れに膨れ上がった借入金はクリンブルーム家単体でも相当な額であり、貴族派の人間が際限なく借りていたものまで含めると目も当てられない金額。

そこに、国が商会から得ている国債が積み重なれば、もうリヒターはあの性格のねじ曲がり切った〈経営者〉相手に頭が上がらない状態だった。

それが、だ。

「クリンブルーム家の借金は棒引き《破棄》、貴族派への借金も利子の無い臨時債券、そして国債も戦時国債扱いで償還義務が五十年延長！　最高か？」

「なんて言ってるの？」

「よくやったプリム、と言っている」

「あそ？　オルバ商会から借金してるって頭抱えてたしね。あいつら凄くむかついたし、良かったじゃん」

「そうだな。見事だ。おそらくお前が想像しているような額ではないが、それだけにあっさり言えたんだだな。交渉の基本は吹っかけだ。うむ」

「……そんなにダメ男なの、キミ？」

「そういうことではない！！」

　リヒター・L・クリンブルームがどれほど国の機能を救っている才人かなど、露ほども理解出来ない東国の蛮族プリム・ランカスタであった。

「しかし……ふふふ。ふはは！」

「うわ、酔い過ぎなんじゃないの」

「良《い》い酒も開けたくなるというものだ！　降って湧いた幸運とはまさにこのこと。忌々《いまいま》しいメイドが消えることに否《いな》やは無かったが……お前をフウタのところに行かせたのは結果的に正解だったというわけだ！」

「――そう。まぁ、良いけど。私はむかつくから痛めつけたいってだけだし」

「蛮族め。……いや、良い。ああ、酒が美味《うま》い‼　めっちゃ美味い‼」

「うわあ……」

ここまで幸せそうに昼間から酒を飲むリヒターは、初めて見たプリム。

彼女は知らない。こんなリヒターに会えるのは、数年に一度あるかないかだということを。秘書が聞いたら、少しばかり羨むことだろう。それはさておき。

「さて、浮いた分の金は貯《た》めている場合ではないな。今の陛下に相談するわけにもいかぬから、一度持ち帰って部下たちに話をするか。王都周辺の治水や開発も考えねばならんが、とりあえずは戸籍を調べて供給過多な〈職業〉に仕事を与え――」

夢が広がるとばかりに、あれやこれやと案を出してはテーブルのスクロールに書き込んでいくリヒター。彼の理想の計画が、頭の中で組み上がっていく。

オルバ商会への返済に充《あ》てるつもりであった多額の金を、王都の流通へ一気に流し込む。商工組合からの突き上げもない。軍資金に充塡される心配もない。なぜならば、浮いた金額は全てクリンブルーム家の私財であるからだ。

利子のない借金など、無いも同じ。それならば、クリンブルーム家にのみ許された債権破棄を利用して、王都活性化のために使いこもうというリヒターの腹積もりであった。

そうすれば、巡り巡って財務卿《きょう》の懐《ふところ》には多くの金が入って来る。要は投資だ。いずれオルバ商会へのあらゆる借金を返済し、議会から商工組合を締め出すことも出来るだろう。

「ようやく……ようやく風がこちらに向いてきた」

プリムには、リヒターの言っていることはよく分からない。だが、まあ、頑張れと思った。今しがたプリムの隣を横切った人影を、彼女は制するつもりはない。

──だって、リヒターくんのお友達みたいなものだしね。

「リヒター。話があります」

ぴしりと。先ほどまで、異様なペースで酒を飲んでは羽根ペンを走らせていたリヒターの後ろ姿が、まるで冷気に当てられたように固まった。そのままゆるゆると、まるで死刑台へ呼ばれた罪人のように立ち上がるリヒター。振り向けば、何の役にも立たない護衛と、その前に柔らかな笑みを浮かべた敬愛すべき王女様。

「……こ、これは殿下。ご機嫌麗《うるわ》しゅう」

「ええ。貴方《あなた》こそ……能臣《のうしん》の機嫌が宜《よろ》しいのは、わたしもとても嬉《うれ》しいですよ」

「は。ははっ」

さて何の用事だろう──などと悠長なことを考えるほど、リヒターという男は呑気《のんき》ではない。彼女がリヒターに接触する時は必ずと言っていいほど理由があるし、何よりプリムがこの証文に通じる吹っかけをした時、フウタが居たのだ。

どう考えても、状況を理解していないとは思えない。ライラックはそっと唇を撫でると、ゆっくりテーブルの上に目を向けた。そこには、リヒターが大切にしていた、自らのセラーで二番目に上等な高級酒。

「なるほど、確信は得られましたね」

「は、ぁ。何のことでしょうか」

「風の噂《うわさ》で聞いたのですが」

絶対にそんなお花畑な状況ではない。リヒターは内心で毒づいた。

風の妖精が囁《ささや》いて、この女に優しく何か幸せなお話を与えるだと？　そんなもの、むしろチップスを片手に舞台で眺めて笑いたいものだ。

「──何でも、財務に余裕が出たとか」

「余裕ぅというほどのぉことではありませんよぉ」

「何ですか今の裏返った声は」

「いえ何も。ええ。余裕と言えるほどではありません」

「わたしでもそうそう口に出来ないようなお酒を開けているというのに？」

「あー……偶《たま》にはそういうこともあるでしょう。良かったら殿下もご一緒されますか？」

酒なんて飲むんじゃなかった。酒まっず。酒とか何が良いの？　何が高級酒だ。ぺっ。

「いえ。わたしは酒精を入れると、執務に支障が出る人間なので」

「そうですか。いや、残念ですね」

「さておき。余裕が出たなら、やって欲しいことがあります。以前お話しした企画ですが、予定を早めましょう。詳しい日程はのちに伝達しますが、そう遠くないので準備を」

「き、企画ってまさかっ……。待ってください！　流石《さすが》にアレを早められるほどの余裕はありません！　どれだけの金がかかると思っているんですか！」

なるほど？　とライラックは片眉を上げると、そっとリヒターの手から証文をかすめ取った。そしてゆっくりと文面に目を通し、リヒターに返す。

何を言い出されるかと気が気ではなかったリヒターに、ライラックはやんわりと微笑《ほほえ》んだ。まるで、慈愛に満ちた聖母のように。

「貴方の私財で賄う必要はありませんよ」

「えっ」

それは意外な台詞《せりふ》だった。浮いた額はリヒターないしクリンブルーム家の私財だけだ。それをふんだくるというのなら、必死の抵抗でどうにかしようと思考していた彼にとって、彼女の台詞は意外そのものだった。

どういうことかと首を傾《かし》げるリヒターに、くすくすとライラックは微笑む。

何も理解していないプリムは、笑顔が可愛《かわい》い王女さまだなあと思っていた。

「貴族派の債務に利子がなくなり、国の借金もまた同じ。なら、簡単なことでしょう?」

彼女の台詞で、リヒターも察した。――聖母が悪魔に成り代わる。

「また借りればよろしい」

「えぁ?」

変な鳴き声が漏れたリヒターだった。

「オルバ商会はかなりの財を抱えています。ええ、わたしもどうにかして彼女から資金をもぎ取れないかと悩むほどに」

「いや、でもちょっと待ってください。借りるっていったって」

そうだ。証文は今回までの借金に関する内容。次に借りたら、また同じことの繰り返しだ。当然ながら利子が発生する。商工組合を議会から締め出したいリヒターにとっては痛手である。だが、そんなデメリットを王女に言えるはずもない。

この女は、商工組合を利用できるだけ利用するつもり満々なのだから。

「当てにしていた借金返済の目論見《もくろみ》が崩れ、ベアトリクスは泣いていますよ。可哀想《かわいそう》に」

全く可哀想とは思っていない顔で、いけしゃあしゃあと王女は言う。

「一度貴方は信用を踏みにじってしまった形になります。ですから、溝の浅いうちにもう一度、今度はちゃんと返すと言って借りればよいではありませんか」

そう尻込みをしてみれば、ライラックの瞳が哀れむように細まる。

「――し、しかし」

「そうですか。……ではリヒター。今、わたしとの繋《つな》がりが露見するのと――企画が成功した折に手を取り合ったと宣言するのでは、どちらがお好みですか」

「脅しではありませんか⁉」

「いいえ、そんなつもりはありませんが。わたしはどちらでもよろしい」

リヒターは崩れ落ちた。

「ねえねえ王女さま。私ってあんまり政治とか分かんないんだけどさ」

横から割り込んだプリムに、ライラックの感情を持たない瞳が向けられる。しかしプリムは特に何も気にせず問いかけた。

「それってさ。せっかく私がリヒターくんの借金チャラにしてあげたのに、あのベアトリクス？　っていうのに良い思いさせるってこと？」

「いえ全く」

「……そう聞こえるんだけど」

「では分かりやすく説明してあげましょう、プリム・ランカスタ。元々わたしが立てていた企画では、ベアトリクスの資金力に頼ることが前提でした。何度も交渉はしていたのですが、あまり良い条件は引き出せず。当然ですね、相手は商人ですので」

「ふんふんそれで？」

頷《うなず》いたプリムに、ライラックは華やかな笑みを向けて言った。

「そのお金がリヒターに動いたのだから、リヒターと一緒に大きな仕事をしましょう！」

「なるほどー。リヒターくんリヒターくん、ベアトリクスからいっぱいお金取ろうね！」

「企画の資金ではなく、いつもの貴族派同様首が回らなくなったことにすれば宜しい。そうすれば単なる借入で済みますよ。企画のインセンティブを与える必要はありません」

「話せるじゃん王女さま！　やっぱ王女さまもあいつ嫌いなの⁉」

不敬が加速するプリムだが、リヒターは制止する気力も残っていなかった。

「嫌いというわけではありませんが、あまり商会に儲《もう》けられても都合が悪いので。生かさず殺さず、馬車馬のように働いてくれれば、わたしはそれだけで十分です」

「こっわ」

何がそれだけだ、と思ったプリムだった。ライラックが、まるで聖人が罪人を想《おも》うような表情をしていたのが、余計に恐怖を加速させた。

「ところでプリム・ランカスタ」

「あ、プリムで良いよー」

「では、プリムと。しかし、公の場でそのような言動は控えていただきたいものですね」

「えー、でも別に王女さまに養われてるわけでもないしなー」

「そうですか。では後悔しないように」

「はいご用件は何でしょうか王女さま！」

「公の場だけで良《い》いのですよ」

リヒターは世の中の不平等を呪った。さておき、ライラックは軽い咳払《せきばら》いを一つして。

「プリム。貴女《あなた》にも一つ面白い話があります。そこの財務卿にとって面白い話かどうかは判断しかねますが」

そう言って、小さくプリムに耳打ちした。

プリムの表情が、喜色満面の獰猛《どうもう》なものへと早変わりする。

「へぇ、良いじゃん。乗ったよ」

「そうですか。では、リヒターにも貴女から言っておいてください。それでは」

そう言って、彼女は悠々と歩き去っていく。プリムの緩い見送りに小さく笑みを浮かべ、それから廊下を曲がったところで息を吐いた。

「さて、次」

†

王城上層、外廊下。

法国の神龍騎士団団長であるガーランドは、王城から見える景色を楽しんでいた。眼下に広がる活気がありつつも穏やかな人の営み。法国との親和性も高く、友誼《ゆうぎ》を結ぶにもそう苦労はしなさそうだと自らの口髭《くちひげ》をそっと撫《な》でた。

大柄で屈強、白の鎧《よろい》を身に纏《まと》った姿は威風堂々とした将軍を思わせるが、彼の職業は〈神官〉。宗教が作り出した国――法国にあっては出世を約束された職業であり、そして当人の資質も合わさって国の三大最高位の一角である神龍騎士団長に収まった男だった。

今回の王国との同盟、そして隣国へ仕掛ける調略に関しては関心が高く、共に戦いをとの意志に燃えている。何せ隣国は多人種国家で雑多なものを良しとし、法国にとっては神の威信に傷をつける存在。そして王国にとっては、多くの利権を争う目の上の瘤《こぶ》。手を組む材料は足りていた。そこにわざわざ国王自ら来訪し、戦争への足掛かりを作ったのだ。

真《まこと》に同盟をと願うのであれば、法国からも礼を尽くすのが筋だろう。

大司祭、枢機卿《すうききょう》、そしてガーランドはそう結論付け、彼自らが足を運ぶこととなった。

そうして訪れた王国は、噂に違《たが》わぬ落ち着いた国だった。土地柄だろうか、活気こそ法国より劣るものの、和やかな雰囲気はなるほど、国王が自慢するだけあった。

そんな折だった。騎士団員が控える廊下を、颯爽《さっそう》と歩いてきた武人の気配。

ゆっくりとガーランドが振り向けば、嫋《たお》やかな笑みを浮かべて美しいカーテシー。王国の第一王女、ライラック殿下がそこに居た。

「ガーランド閣下、ご機嫌麗しゅう」

「これは王女様。ご挨拶の時も美しかったが、昼のドレスもまた似合っておりますな」

「ありがとうございます。少し、恥ずかしいですわ」

蝶《ちょう》よ花よと育てられた、しかし類稀《たぐいまれ》な頭脳を持つ才媛と聞いていた。なるほど確かに可憐《かれん》であり、そして利発そうな顔立ち。照れ臭げに微笑む姿もまた可愛らしい。

さぞや良い環境で育てられたのであろう、確かな気品と優しさがあった。

しかし――ガーランドは警戒していた。

優れた〈神官〉である彼は、相手の〈職業〉を看破する。国王が如何《いか》に治世の能臣《のうしん》たれと育てたとはいえ、相手は〈奸雄《かんゆう》〉。いつその蕾《つぼみ》を開かせるか分からない。

とはいえだ。初めて目にする〈奸雄〉はあまりに可愛らしい少女であった。執務に精を出しているとは聞いていたが、歳《とし》の頃は未《いま》だ十七かそこらだと聞いている。

幾ら何でも、こんな小娘に騙《だま》されるような大人ではない。一応は彼女の願い出や動向には注目しておく。そのくらいで、事足りる。そう長く滞在するわけでもなし。

国へ戻ったら、商会から手に入れた——と思案を巡らせていたその時だった。

「その、ガーランド閣下」

「どうしましたか」

「お父様にもお話をしたのですが、御前試合はお聞きになったことはありますか？」

「——ああ、陛下から聞き及んでおりますよ。王国の伝統であり、代理戦争の側面もある武芸者同士のぶつかり合い。いち武人としては、心が躍るものですな」

さてはて。呵々《かか》大笑したガーランドだが、別に武人として楽しみだとは思っていない。代理戦争などするくらいなら、本当に戦いをすればいい。聞けば、生殺与奪の権限は御前試合には存在しないというではないか。

この可愛らしい〈奸雄〉は、まさか自分に御前試合に出ろなどと言うのではあるまいな。そんなことを考えながら彼女を一瞥《いちべつ》すると、心底嬉《うれ》しそうに手を合わせ、口元に持ってきて微笑んだ。麗《うるわ》しき姫らしい動作が、自然に出てくる。〈奸雄〉ともなれば、もっと父親に反抗したり、意気軒昂《いきけんこう》な少女であってもおかしくないのだが。——本当に父親が優れた政治家ならば、〈奸雄〉は能臣になるという実証例になるのだろうか。

「まぁ。それは嬉しいですわ。実は、神龍騎士団の方々にも、せっかくですからご覧いただければと思っていたのです」

「なるほど。それで国王陛下から了承を？」

「ええ。友誼を結ぶお国ですもの。わたしの国の文化や伝統は、少しでも知っていただきたくて。……おかしな話でしょうか？」

「ふむ」

少し考える。聞くだに、全く悪くない話ではあった。

文化や伝統を知って貰《もら》う。御前試合。——何も、デメリットがあるようには思えない。

実際、心からそう思っていそうな表情だ。ただ、彼女から出た提案をそのまま鵜《う》呑《の》みにするのは些《いささ》かリスキーにも感じられた。考えられる可能性を幾つも思考し——しかし特に弄されている策に当たりがつくわけでもない。

「確かに、同盟を結ぶ国のことを知って欲しい。そのお気持ちは、大変嬉しく思いますよ。国王陛下も承認されたことであれば、是非とも同席させていただきたいものです」

「本当ですかっ！」

「ええ、本当ですとも。差し当たっては、陛下と同じく特等席で。それから、騎士団の者たちも同席させてやりたいのですが、いかがでしょうか。勿論《もちろん》貴賓席とは言いません。護衛として、観客の皆さまを守らせましょう」

さてどう出る。神龍騎士団という外様《とざま》の兵士たちを配置する。本当に見当がつかないが、彼女が何かしらを企《たくら》んでいたとしたなら、嫌がると思うが。と、様子を探るまでもなく。

「ええ、ええ。閣下は勿論のこと、騎士団の皆さまにも、是非王国の文化を知って貰いたいと思っておりました。部下想いの団長なのですね」

「はっはっは。そう言っていただけると嬉しいものですな」

「法国との友誼が成ること、わたしもとても楽しみにしております。毛嫌いされてしまっては、悲しいですから」

「なるほど、私が部下想いであれば、天晴《あっぱれ》王国想いな殿下ですな。王国の未来はきっと明るいことでしょう」

「まぁ。閣下はお上手ですね」

くすくすと照れたように笑う美しき姫に、流石《さすが》のガーランドも少し口角を緩ませ、幾ら何でも勘繰りすぎかと考える。だが、それでももし万が一があっては困るというもの。

たとえば、御前試合に乗じて何かしらの攻撃がある、とか。暗殺の類に関しては、国王や王女と共に居ることで凌《しの》げるはずだ。他に考えられるケースとしては、御前試合を行う者たちが何かの仕込みだとか。王女が用意する闘剣士は、もちろん彼女の手の者だろう。

御前試合の終わりと同時に何かを企んでいる。これならばあり得ない話ではないかもしれない。或《ある》いは、御前試合に注目させておいて何か別の想いがあるのか。さて、今何か狙われるものがあっただろうか。――強いて言えば、捕らえた〈魔女〉くらいのものだが。

ひょっとして、混乱に乗じて魔女を回収か、とガーランドは首を傾《かし》げた。あの〈魔女〉が王城勤めのメイドであったことを彼は知っている。とはいえ、わざわざ一メイドを救うために王女自らが法国との友誼を破ってまで調略を練ることは考えにくいが。

「それでは、楽しみにしておりますわ。日程は、閣下とお父様のご都合の宜《よろ》しい日に」

「ええ。私もとても楽しみです」

去っていく王女の背中を見つめて、考える。もしも、万が一、自分を謀《はか》ろうとしているのだとしたら。それはとんでもない思い上がりだと示さねばならない。そして、本当に彼女の善意であった場合、徒《いたずら》に王国との友誼を傷つけるわけにはいかない。

少し考えて。ふむ、とガーランドは口角を上げた。

『法国との友誼が成ること、わたしもとても楽しみにしております。毛嫌いされてしまっては、悲しいですから』

ならばその台詞《せりふ》、そっくりそのまま利用させて貰うことにしよう。

御前試合が王国の伝統文化ならば、法国では魔女は処刑するものだ。

毛嫌いされてしまっては悲しい。その言葉は、吐いた唾に等しい。

「当日に、法国の文化も知って貰うことにしよう。国王陛下も、否とは言わないだろう」

あの王女の策略に乗せられるわけにはいかない。だから、返し手だ。

自分で考えたのだ。これが、仕組まれたことであるはずがない。

満足気なガーランドを背に、足早に立ち去る王女は瞳を鋭く思考を巡らせて呟《つぶや》く。

「――さて、次」

「次」

「次」

「次」

丁寧に丁寧に、網を敷いていく。

†

暗闇の中を、カンテラを片手に歩く少女。その隣に並び立つのは、緊張した面持ちの長身痩躯《そうく》。狭い通路を、少女の案内に従って上り下り、右へ左へと曲がり進む。

「ここを貴方《あなた》と歩くのは、久しぶりのことに感じますね」

「そうですね。まだ、三月前のことなんですが」

「ふふっ」

　ここは王城と共同墓地とを繋《つな》ぐ地下通路。

　カンテラに、ぼんやりと照らされた少女は柔らかく微笑《ほほえ》む。その笑顔はいつの日か同じ道を通った時と同じようでいて、まるで違う色を放っているようだった。具体的に青年が言語化することは出来ない。ただそれでも違うことだけは、はっきりと分かった。

「たった、三月なのですね」

「そう、ですね。たった三月です」

「です、か」

　こつ、こつ、こつ。地下通路に、ヒールとブーツの足音だけが反響する。

「――コローナと会ったのは、三年も前のことです。ほぼ十倍の月日を共にしているはずなのに……どうにも。わたしには、あの子のことが理解出来ていなかったようですね」

　理解しようとも、別にしていなかったと。そう、彼女は呟いた。

　三年前。フウタはおそらく、闘剣士としての最後の一年の真っただ中。

およそ彼女らが何をしていたかなど、知る由《よし》もない。

「〝時の魔女〟。あの子は、そう呼ばれて忌《い》み嫌《きら》われていました。わたしが見つけた時には酷《ひど》い傷を負っていながら、薄っぺらい笑みを浮かべていた」

地下通路に反響するのは、淡々とした語り口調。

「見上げるほどの十字架に繋がれて、今にも処刑が始まろうか。そんな時でさえ笑っていたのは、既に壊れているからか。その後の詳細は省きますが、わたしは彼女を〝契約〟で縛り、味方に付けました」

カンテラの火が、ゆらゆらと揺れる。

「実のところ、壊れてはいなかったのですよ。壊れることすら出来ていなかった。『自分が悪い』で割り切ってしまっていたのです。〈職業〉というものを、最初から受け入れてしまっていた。わたしは、そのさまが憎かった」

フウタは思い出す。コローナがいつか、フウタをこんこんと諭した時の一言を。

『現実ってそんなもんですよ。どんなに配られたカードが悪くても、ダメなことしたらお前が悪いになるんですよ。無茶苦茶ですよ世の中って』

言葉に籠った妙な実感は、彼女自身が受けていた過酷に対する、出してしまった答え。

「だから、分かり合えることは無い。それでも有用であったから使う。それが、わたしと彼女の関係。それ以上でも、それ以下でも無かった」

「……でも、違ったんだ」

「………………認めたくはありませんが」

少女は、煩わしそうに視線を道の先へと向ける。

そのさまを見て、先ほど想起した彼女との会話の続きを思い出して。

ふと、思った。

「王女様。これはもしかしたら、なんですけど」

「なんですか？」

「たぶん、最初はお互いそうだったんじゃないですか？」

「……最初は？」

忘れもしない、彼女に水をぶちまけられたあの日。終《つい》ぞ闘剣士になれなかった自分に、彼女が想《おも》いを伝えてくれた日。その時確かに彼女は言っていた。

『でも、それでも、〈職業〉のせいにしたら、お前はそこで終わりなんです。人生お仕舞いなんです。そーゆーダメな人も結構居ます』

ライラックの慧眼《けいがん》を疑うことはない。きっとその日、彼女は全てを受け入れて、諦めていたのだろう。けれどフウタと会って間もない彼女は、〈職業〉のせいにするなと口にしていた。

それは、つまり。自分自身が、〝そーゆーダメな人〟だったからではないのか。

「きっと、王女様の想い、やりたいと思っていることは、一緒に過ごした中で届いていたんじゃないかって。俺は、不敬ながら思うんです」

「……」

「王女様？」

「……です、か」

万感の想いが乗った吐息に首を傾げるフウタへと、改めてライラックは目を向けて。

「フウタ。貴方が居てくれて良かった。——貴方が居なかったら、きっとこの三月も、これからの未来も、大きく変わっていたでしょうから」

「……いや、そんな」

大したことは出来ていないと、フウタは思う。

ただ大事に思っている二人の関係が歯がゆかっただけ。

『俺は、コローナと王女様には仲良くしてほしい』

いつか吐いた言葉は、真実だ。二人が幸せにしてくれていれば、それでいい。

小さくライラックは口角を上げた。

「そんなフウタですから、仕上げは任せます」

フウタが顔を上げる。そこには、変わらぬ笑みを湛《たた》えた彼女の姿があった。

「──粗方の仕込みは終わりました」

「え、もうですか」

「仕込みに時間を掛けていて、不測の事態に応じられますか?」

「いや、まあ、それはその通りですけれども」

あれから、三日と経《た》っていない。

彼女は「まあ」と銀世界のような美しい髪を払って、こともなげに告げた。

「たかがメイド一人に労力を割く必要はないということです。分かりましたか?」

「でも、迷惑はかかるって言ってたじゃないですか」

そう素直なところを告げれば、先の優雅な笑顔は不満そうな表情へと早変わり。

「……この大事な時に余計なことを考えさせられた負担かと」

唇を尖《とが》らせる彼女に、フウタも流石に何も言えず。

「派手に動くので、警戒される人数を増やしてしまうことは長期的に見れば大きな痛手ですから。ええ、全く。本当に。実に余計な手間でした」

「王女様……」

つん、と歩みの速度を速める彼女に、フウタは大股で追いつく。

いかんともしがたい体格差は、こういう時に便利だった。

「ともあれ、手間だけで済んだのは貴方とプリムのおかげではあります」

「俺とプリムですか？」

コローナ捜しを共にしたことくらいだが、と首をひねるフウタ。

「ええ、とても役に立ちました」

「なら良かったです」

理由については、フウタはわざわざ聞こうとも思わなかった。

ライラックにとって順調ならば、それでいいだろうと。

「時にフウタ、一応聞いておきますが。これまでの間に、神龍騎士団及び国王陛下との接触はありませんね？」

「はい。会え、とも言われませんでしたから」

「宜しい。むしろわたしは、貴方を今お父様や騎士団長に会わせたくなかったのです」

「なら、都合が良《い》いですね」

「ええ、大変結構」

と、そこでふとライラックは考えたように唇を撫《な》で、フウタを見る。

「どうかしましたか、王女様」

「いえ……少し話は飛びますが、貴方には兄弟姉妹は居ますか？」

本当に話が飛んで、一瞬面食《めんく》らうフウタ。とはいえ、彼女がこの状況で無意味な話をするはずもない。静かに首を振った。

「妹が一人居《お》りましたが、幼い時に死別しました」

「そうですか。あまり、良くない記憶でしたね」

「いえ。ですが、それが？」

そう問えば、彼女は少し躊躇《ためら》ったように目を閉じて、呟く。

「不思議ですね。何故《なぜ》躊躇う必要があるのか」

「……幾らでもお待ちしますが」

「結構。……そうですね。兄弟姉妹を酷い目に遭わせる者をどう思いますか？」

「え……」

果たして。それは広義の倫理観を問われているのだろうか。

「その人がどうしてそんなことをするのかが分からなければ、俺には何も言えませんよ」

「……真っ当な意見ですね」

「王女様はどう思うんですか？」

切り返す問いに、わたしは、と真《ま》っ直《す》ぐフウタを見据えて言い放つ。

「血を分けただけの他人など、どうなろうと知ったことではありません」

「そうですか」

――それは、そうだ。フウタは目を伏せた。彼女は今まで、ずっと一人で戦ってきた。

そこに兄弟姉妹などという救いも、ましてや家族に対する温かい想いなども皆無だろう。

「そんな顔をしないでください。わたしが愛を知らぬ獣のようではありませんか」

「そこまでは思っていませんが……王女様、ひょっとして兄弟姉妹にとんでもない目に遭わせられたとか？　もしそうならいつでも俺は――」

眉根を寄せるフウタに、ライラックは「逆ですよ」と柔らかく微笑んで。

「今から、血を分けた異母妹《いもうと》を酷い目に遭わせます」

「え、今からって――今から行くところってオルバ商会ですよね!?」

その問いにも、緩く頷《うなず》くのみ。

「ベアトリクスは、国王に捨てられた不義の子。オルバ商会に拾われて、楽しく生きてはいますが……国王に思うところはあるでしょう。盛大に利用させていただきます」

「お、王女様と、ベアトリクスが姉妹……」

「何か言いたげですね？」

「いや……」

流石《さすが》のフウタも言えなかった。とんでもない姉妹だ、などと。

†

待ち合わせ場所であるオルバ商会別邸は、数日前に一騒ぎ起きた本部に比べていくらかこぢんまりした、それでも大きな屋敷《やしき》だった。身元を偽装してベアトリクスが所持しているこの邸《やしき》は、公にしづらい商談や内密な取引をするためだけに使用している場所。最近では専ら、とある少女との会議場の一つとして機能していたこの場所に、今日もベアトリクスはやってきた。内々にことを運び、誰も彼女がこの場所に居ることを知らないように。

屋敷に到着した彼女は、共に連れてきたウィンドに耳打ちされて表情を露骨に変える。

部屋の中に大嫌いな虫でも見つけたようなその顔で彼女との約束の部屋を軽くノックして、涼やかなアルトボイスが帰ってくると、ベアトリクスはその渋面をさらに深くした。

あの女は、自分が後に来るとそれだけでねちねちと煩《うるさ》いのだ。

煩わしいとばかりに首を軽くくるりと回し、その両開きの扉を開く。

「待たせたわね――ひっ」

丁寧に清掃が行き届いた応接間は豪奢《ごうしゃ》で華美なものを見慣れているベアトリクスにとっては、何てことのない部屋。王女たる彼女が当たり前のように奥のソファに腰かけているのも問題はない。勝手に紅茶を淹《い》れていることも、どうせ茶葉は自前だろうし構わない。

「な、なな……！」

だが隣に座っている男は、至近距離で自らの椅子を木っ端微塵《こっぱみじん》にしてくれたトラウマそのもの。彼女を目にするなり立つでもなく軽く目を合わせるに留《とど》める男——フウタ。心底無礼だと苛立《いらだ》ちもするが、驚きのあまりフウタを指さして震えている彼女も大概である。

「なんであんたが居るのよ‼」

「王女様の許可は得たから？」

「ライ——殿下！」

危うくライラックと言いかけて、彼女は無理やり軌道修正して声を張り上げた。

だがライラックはどこ吹く風。この様子だと、ベアトリクスの反応すらだいたい想定していたと言わんばかり。挙句、涼し気な表情で肩を竦《すく》める。

「ライラックで構いませんよ。ああ、お姉さまと呼んでくれても構いませんが」

「死んでも呼ぶかバーカ‼」

悪態を吐《つ》いてから、すぐに何かを察したらしい。ベアトリクスはつかつかとテーブルの前までやってくると、ソーサーが勢いよく揺れるのも構わず両手をついて叫んだ。

「……は？　え、なに？　ここにこいつ連れてきただけじゃ飽き足らず、姉妹ってこともバラしたってわけ⁉」

「え、秘密だったんですか王女様」

「口止めすらしてない‼」

詰問《きつもん》に視線を鋭くする彼女に、目を瞬《しばたた》かせるフウタ。のんびりと扉の入り口で待機しているウィンドを視界におさめたライラックは、手に取ったソーサーにカップを戻すと。

「当然、秘密です。商工組合との癒着が疑われるのも嫌ですが――それ以上に、彼女が王族の血を引いていることを知る者がまず居ません」

「そ、うだったんですか。じゃあ、黙ってます」

「宜《よろ》しい」

「宜しくないわ！」

もう一度勢いよくテーブルを叩《たた》いたベアトリクスを、ライラックが無言で睨《にら》み据える。

その鋭さに威圧されたわけではない。だが彼女の瞳にベアトリクスは察してしまった。

ぽすん、と二人の対面のソファに力なく腰を下ろすと、呆《あき》れたように呟《つぶや》いた。

「どんだけ信頼してんのよ。なら最初からそう言いなさいよ、完全に誤算じゃない……」

所詮はこの男も、ライラックが〝契約〟で縛ったお気に入り程度にしか認識していなかった。それがこんな、自らが抱える秘密を話すような相手だったとは。

ライラックは今まで人生で一度も、誰かにここまでの信を置いたことなど無かった。だからこそ油断した。まさかその一例目がこの男だなどと、ベアトリクスは夢にも思わなかった。彼女の呟きに、しかしライラックは首を振る。

「別に、信頼と呼べるほどの関係は構築出来ていません」

「はぁ？」

どの口が？　と首を傾《かし》げるベアトリクスに、ライラックは続ける。

「信頼させてみせるというから試しているだけです」

「……それ信頼と何が違うの？」

ベアトリクスの首がさらに曲がっただけだった。

「……もう、良いわ。あんたがそのつもりなら、別にそれでも」

面倒臭くなったらしい彼女は、思考を放棄して足元のバスケットをテーブルの上に載せる。お気に入りのお菓子が盛り合わせにされたそれを開くと、カップケーキを手に取って食べ始めた。なるほど、王女の前でもこの態度なら、姉妹というのも納得がいく。

フウタは一人頷いていた。際限なくお菓子を食べるベアトリクスと、紅茶を傾けるライラック。優雅なのはどちらかと言えば言うまでもないけれど。

確かに、思考の際に唇を撫でる動作などは、姉妹に共通していることなのかもしれない。

――しかしである。

「……何じろじろ見てんのよ。言いたいことがあるなら言いなさいよ」

「別にお前一人相手なら良いんだが……」

頭に浮かんだ言葉を吐くのは、些《いささ》かハードルが高かった。ベアトリクスなどフウタにとってはどうでもいいが、隣に居るライラックに要らぬ飛び火があるのを嫌ったのだ。

とはいえ。ライラックが彼の言動を認知してしまったからには、もう遅い。

「フウタ。言ったはずです。わたしにとって不都合なことであっても口にしなさいと」

「……わ、分かりました」

珍しく、フウタは少し照れが入ったように頰を搔《か》いて。しかし意を決して言った。

「王女様の妹なのに、どうしてお前はそんな……」

「そんな、なによ」

上から下まで彼女を見つめ、必死に言葉を選ぶフウタ。

だが、彼の語彙は決して多いわけではない。

「ちんちくりんなんだ」

「ちんっ……⁉」

ぽとりと、食べかけのカップケーキがテーブルの上を転がった。

言ってしまった、とフウタは後悔する。扉の前に立っているウィンドは苦笑い。

ライラックは、何故自分が気遣われたのかを察してそっと紅茶に手を出した。

暗にスタイルが良《い》いと言われた。しかし王女の容姿、ましてや身体《からだ》つきに言及するなど、フウタにとっては禁忌であったのだろう。――悪い気は、別にしないが。

「言ってくれるじゃない……‼」

気分を害したのはベアトリクス一人であったらしい。ライラックの身長は、およそ一メレトと七十セント弱。しっかり測れば、六十四セントくらいだろう。

対してベアトリクスは一メレトと四十セントもないはずだ。ふんぞり返っているからこそよく分かる彼女のスタイルは所謂《いわゆる》寸胴鍋のようであるし、パスタが大変茹《ゆ》でやすそうだと思う。最近料理に凝っていたせいかもしれないが。一方でライラックはといえば、強調されるほどではないにしろ、均整の取れたスレンダーな美姫《びき》。以前童顔なのを気にしていたが、それがまた愛嬌《あいきょう》として機能するくらいには、抜群の美麗な少女である。

髪型に関してもそうだ。ストレートに伸ばした銀の髪は、靡《なび》く度に人の目を奪う輝かしい色香であり、添えられた髪飾りもまた彼女の高貴さを表現していて麗《うるわ》しい。

ベアトリクスはといえば、頭の高い位置で結われた髪がどうしても幼さを強調している他、髪質は良いのだろうがふんわりと広がっていて、これまた体格と相まって彼女のサイズを一段階小さくしているようにも思える。

結論、素振りは似ていようとも、どうしてこうも雰囲気が違うのか。

以上、全てフウタの主観である。

「今にこんな奴《やつ》が目じゃないほどの容姿になるわよ！　放《ほ》っとけ！」

「わたしが貴女《あなた》の歳《とし》の頃から、わたしの見た目は変わっていませんが」

「何で今言ったの？」

誰に言うでもなくライラックの口から冷たく放たれた一言は、ベアトリクスを苛《いら》つかせるに十分であったらしい。しかしふとフウタは気付いた。貴女の歳の頃から。そんな言い方をすると、少しばかり歳が離れているようにも聞こえるが。

「……ベアトリクスって幾つなんだ？」

「数えで十四よ」

「そうか」

数え年。誕生日など知らないということだろう。だからといって別にフウタが何かを言う理由もない。そんな人間は彼の周りにごろごろ居た。そんな淡泊な扱いが最後の引き金になったのか、苛立ちが最高潮に達したベアトリクスが口角をひくつかせながら告げる。

「ていうかあんた、ライラックの妹だって知ってもその態度なわけ？　少しは敬意を払えば？　王女の可能性だってあるわけだけど」

テーブルの上に転がったカップケーキを口に押し込みながら言われても、説得力は無かったが。それでもフウタは一応、ライラックに問うた。

「ベアトリクスって王女になるんですか？」

「いえ全く。お家騒動が面倒なので、王女を名乗ろうとした瞬間に殺します」

「なるほど」

何がなるほどだ、とベアトリクスは新しい菓子に手を出した。

〝契約〟を交わしている以上王女を狙うなんてことにはならない。ライラックのこの発言もこれが最初ではないし、ベアトリクスは呆れる以外の感情を持ってはいなかった。

「まあでも、どのみち変わらない」

「何がよ」

「俺は別に、王女様だから王女様を親愛しているわけじゃないしな」

一瞬、ライラックの動きが止まった。

思い返してみれば、フウタはリヒター相手にもへりくだるようなことはしていなかった。

最初こそ丁寧に接するが、相手との間に何かがあればすぐに己の意志を優先する。

――咎《とが》めたことはないが、ライラック自身何度か敬語抜きのフウタに言葉をぶつけられたこともあったと、少し自分の中のフウタ辞典に追記するライラックであった。

それはそれとして、悪い気はしない。ふむ。

「だからまあ、お前が王女になろうが俺の上司になろうが、敬う理由は一つも無いな」

「あ、そ」

ベアトリクスはつまらなそうに手を払った。

自らに靡かない、おもねらない人間は相手にするのが面倒だ。ライラックに付き従っている以上、そうそう面白いことに巻き込むチャンスもない。ならこいつと会う時は常に敵同士。つまりライラックと同じ。はっきりと認識して、ベアトリクスは目を細める。

――だから、ライラックにぶつけられた言葉にベアトリクスは思わず声を漏らした。

「本題ですが。フウタの主であるわたしから貴女に対しての〝お願い〟。十日ほどフウタを雇って貰《もら》えませんか？」

「えっ……」

意図が読めず、ベアトリクスの表情が険しくなる。急に本題に入られたこともそう。すぐに頭を切り替え、思考を巡らせる。何故《なぜ》そんなことを言い出したのか。目的、裏の暗示、導き出される未来図。見据えられる両者の瞳。

「そんなことで良ければ構わないけど。ゴミみたいに扱っても良いってこと？」

「後からわたしがそれを聞いて何をするかは想像に任せますが」

「あんたからのお願いじゃない」

「つまりさらに具体的かつ限定的な〃お願い〃の方がお望みですか。箇条書きにして提出がお望みならそうしますが、一つでも外した場合賠償させますよ？」

「〃お願い〃ってんだから一つでしょ」

「財務卿《きょう》の証文を拝見しましたが、貴女は随分と譲歩して貰っていたではありませんか」

「相変わらず用意周到ね」

ライラックから目を逸《そ》らして、煩わしそうに舌を出すベアトリクス。ハイペースな条件の応酬は終わらない。

「十日雇うだけ、なわけないでしょ、どうせ。あんたが回りくどいからこうなるのよ」

「最初からストレートにそのまま履行するほど間抜けとは思いませんので、外堀からと」

「誉《ほ》め言葉どーも。ふざけた給金要求する意味もない、十日のリミットもどうせブラフ、オルバ商会探るならもっとやり方がある。――〈無職〉でしょそいつ」

「調べはついているのですね。今後は酷《ひど》い目に遭う前の事前調査をお勧めしますよ」

「このクソアマ……！」

ライラックを相手にクソアマなどと吐けるのは、世間広しといえどベアトリクスくらいのものだろう。フウタは場違いなことを考えながら、彼女らの会話を見守っていた。

――商会で雇われろ。との命令は、屋敷《やしき》に入る前にライラックから聞いていた。

目的は酷く単純。だがそう簡単に運ぶものかという不安と、それでもライラックなら整えてしまうのではないかという期待があった。

一つ目の目的は――。

「神龍騎士団へのツテがオルバ商会にしかありません。売った張本人である貴女たちなら、接触も可能でしょう？」

「――ああ、そういうこと」

――囚《とら》われているコローナに会うこと。

「当たり前だけど会うっつったところで、逃がすとか不可能だけど分かってる？」

「見張りも多いですし、突破も厳しいですからね。彼が話をしたいと言うものですから」

「……ふぅん」

ちらりとベアトリクスがフウタを一瞥《いちべつ》する。

後ろめたいことも、隠していることもない単なる事実だ。フウタは小さく顎を引いた。

嘘《うそ》は一つも吐《つ》いていない。実際、フウタが知っている情報は今ライラックがベアトリクスに話したことで殆《ほとん》どだ。ライラックから言伝《ことづて》はあるとはいえ、腹芸が出来ないなら、しなければいい。ただ真実を真実と言っているだけで、ベアトリクスは勝手に察する。

嘘は言っていない、後ろめたいこともない。だからこそ、信じることが出来る。

ベアトリクスとて齢《よわい》十四ながら実力で全てを捻《ね》じ伏せてきた〈経営者〉。

一筋縄ではいかない相手。だがライラックは言っていた。何か相手にさせたいことがあるのなら、相手の頭脳に合わせて押し引きを考えるだけだと。

それがどの程度の難易度なのか、フウタにはよく分からなかったが。

「……ま、良いわ。それだけなら別に十日も要らないと思うけど？」

「そんなにさくっと会えるのですか？」

「は？　根回し済ませて呼べばよくない？」

何のための十日なのか。ベアトリクスは思考して、納得がいったように頷《うなず》いた。

その瞬間、フウタの脳裏には屋敷に入る前にライラックに言われた話がよぎる。

──裏があると気取らせたくないなら、表を見せて、裏を勝手に解釈させれば宜《よろ》しい。

「……ああ、雇ってくれってそういうこと？」

「ええ、お察しの通り」

「オルバ商会の人間として、フウタを連れていかせたいと。……フウタ、あんた神龍騎士団と接触してないでしょうね」

「ああ、それはしてない」

「……予防線として多少髪型を弄《いじ》ればどうとでもなるか」

——そして、逆に裏をかいたと思わせられれば、あとはもう消化試合です。

「ねぇ、ライラック。雇う間、勿論《もちろん》只飯《ただめし》食らいってわけにはいかないわよね？」

「事と次第によりけりですね。先ほどのようなふざけたことを口にするなら、別のお願いに切り替えますが？」

「そんな警戒しないでよ。あんたやフウタに迷惑かけようって言うんじゃないのよ」

ぴくりと、ライラックの眉が上がる。

それを予想外のことに反応したと解釈したベアトリクスは、口角を上げて言い放つ。

「財務卿ったら借金踏み倒した挙句、例の話に噛《か》もうとしてるらしいじゃない。あっちの利権はあたしとしても手放せないのよねぇ」

「……貴女、もしかして」

「フウタの価値を最大限に活《い》かすとしたら、闘剣でしょ？」

フウタは思わず顔を上げた。しかしてそれは、決してベアトリクスの考えたことに驚いたからではない。だが驚愕《きょうがく》の色は同じ。フウタの顔色に満足げに頷くと、彼女は続ける。

「借金は証文あるからどうにもならないけど？　その金を使って、あたしとあんたで詰めてたはずのものに横入りしようっていうなら話は別。その十日以内に、財務卿に御前試合ぶつけて——フウタ使って良いっていうなら、あたしとしても最高なんだけど？」

ライラックとベアトリクスの間で、ずっと前から協議が為《な》されていたという例の話。

オルバ商会と組むのは、彼らの持つ多額の資金が理由の大半だ。ところがそこで、借金の消えた国政《リヒター》が、この先の利益目当てに投資の意思を見せたなら話は変わってくる。

順調にいっていたはずのライラックとの交渉も、少し弱気にならざるを得なくなる。

何故か。それは資金だけで競争する他の商会ならいざ知らず——国営という、金銭だけでは測れない競争相手が出来てしまうからだ。つまり彼女の目的は、この件についてリヒターに関与の禁止を叩《たた》きつけること——彼をその気にさせたのは誰なのかも知らずに。

「裏であんたが財務卿と話してんのは知ってるのよ。このまま商会の利益下げられたらたまったもんじゃないわ」

問われたライラックはしばらく瞑目《めいもく》して、諦めたようにため息を吐く。

「……良《い》いでしょう」

「そうよね。財務卿がどうなろうと、究極あんたはどうでも良いものね。……じゃあ、決まりってことで。宜しく、フ・ウ・タ・？」

「……良いだろう」

これが、どういう結末を呼ぶのかはフウタにはまだ分からない。

だがフウタは頷いた。コローナに会うため、彼女を取り戻すため。

だって二つ目の目的は――オルバ商会の名代で、御前試合に出場すること。

ライラックは、ただ静かに冷めた紅茶を飲み干した。

†

その数日後。王城の地下には現在、神龍騎士団の滞在用貨物が安置されていた。中でも一つ人目を惹《ひ》くのは、見張りが付いた台車だろう。馬を繋《つな》いで走らせるための大きな台車は、猛獣でも入れておくのかと思うような、隙間の空いた鉄格子《てつごうし》に包まれている。

上から布を被《かぶ》せることもない。何故ならこれは、絶対に逃がさないようにではなく、市中を引きずり回して見せしめにするのが目的の牢獄《ろうごく》なのだから。

移動式の独房ともいうべきその台車の中に、一人の少女がぺたんと座り込んでいた。

――思ったより恨まれていたのかな？

冷たい監獄の中で、ふと彼女はそんなことを思った。神龍騎士団の団員が簡潔に彼女に伝えたのは、予定の変更。何でも法国に連れ帰って処刑するのではなく——王国と法国の友誼《ゆうぎ》の為《ため》、共に〈魔女〉の処刑を行うとかなんとか。

彼女は、この国の王女を信頼していた。

王女の良心や信条を信頼しているのではなく、彼女の手腕をだ。自らの気に入らないことを、王国——ましてや王都でさせるはずもない。ならばきっとこの予定の変更は、彼女の望みなのだろう。ある種間違ってはいない推測は、しかし捻じ曲がって胸に届く。

そして出た結論が、「思ったより恨まれていたのかな」だ。

「はふう」

別れ際《ぎわ》にもまともに話はしなかった。

〝契約〟の更新をやめておく、なんて会話が最後にした一対一。それ以降はお互いに、せいぜい間にもう一人挟むことでしか成立しない関係でしかなかった。裏側で何をやっているか〝契約〟期間中でさえ教えてくれなかった彼女のことだ。〝契約〟が切れると分かった後で自分をどうするか考えていたとしても、不思議は無い。

別に生きたい理由があるわけではない。世話になった王女の望みであれば、まぁ最後に彼女の溜飲《りゅういん》が下がるような死に方をするくらいは、構わない。

笑顔の裏で少し、思う。——それならやっぱり、あの小箱は余計だったかなと。

今更になって胸の内に去来する感情は、さて何と表現するべきか。

いつか、彼女の手にあの小箱が渡ったとして。この様子なら。

「ぽいかー。そっかー……」

にこにこと笑みを絶やさず、しかしつい零《こぼ》れた言葉に自分で少し傷ついた。

「るーんぱっぱー、うんぱっぱー……」

なんとなく口にした方が良いような気がして唱えた言葉。そうすればほら、楽しい記憶が溢《あふ》れてくる。殆どがこの三年間のものなのは、それだけ愛着があったからなのだろう。

中でもこの三月は楽しかった。遊び甲斐《がい》のある客人は、王女様にとっても大事な人で、それだけに泡と消えない信頼もあった。

感情を隠すのが下手なのか、そもそも隠すことをしないのか。

『何のつもりか知らないが。——この人には指一本触れさせせねえ』

『大事な人を害そうなんて人間を許せるほど聖人でもない』

『俺にとって、キミは心を救ってくれた恩人なんだ』

などと。そんなことを言われる人生を、自分は歩んできてはいないのだ。

だから楽しかった。嬉《うれ》しいという感情を、それだと教えられたことは無かったが。

自分にとっての嬉しいとは、きっとこういう感情を呼ぶのだろう。

けれど。であるからこそ。

『俺は、キミに生きていて欲しい』

その言葉を、想《おも》い悩む。幾らあの王女であろうとも、自分にそれなりの好感を持ってくれている彼に対して、処刑を見せつけるようなことをするだろうか。

そこに関しては、ちょっと分からない。フウタの精神的にどちらが良いのだろう。

どのみち、自分は死ぬとして。ばっさり見せた方が良いのか、後から死んだと伝わればいいのか。自分としては、死んだことすら知らない方が良いと思ったのだけれど……王女の考えることは、自分にはきっと分からない。

でも。フウタの目の前で死ぬのは、嫌だった。ぽいされるより嫌だった。

生きている価値すら怪しいのに、願われたことすら満足にできないなんて。

素直にそう考えてしまうのは、〈魔女〉としての性《さが》なのか。

どうしようかなと彼女は悩む。いっそここでさらりと自害してしまおうか。そうすれば処刑台に上らされることはない。見晴らしのいい場所から、彼を捜して慌てずともいい。

「姫様は怒るだろーなー」

ジレンマである。彼女は悩んでいた。今ここで死ねば、処刑台よりは彼に隠蔽出来る可能性が高い。処刑台に行けば、せめて三年の恩は王女に返せる。

今ここで死ぬと、王女は怒る。処刑台に行くと、彼に見つかる。

「ふむー。まさかここに来て、二人のどっちかを選ぶ展開っ」

困った困った、と。難問を前にした彼女は、地下の剝《む》きだしの土壁を鉄格子越しに眺めながら、そうして悩むことしか出来なかった。

そんな思考を――その誰かさんに完全に読まれているとは、露知らず。

『そして。あまりあり得るとは思えませんが、最終的にわたしよりもフウタを取る。つまりここで自害されるケースを考えたからこそ、一度貴方《あなた》にはコローナに会いに行ってもらいます。貴方には辛《つら》い思いをさせますが、彼女に処刑台までは行って貰《もら》わねばならない』

『大丈夫です。俺は、コローナを救うためだったら何だってしますよ』

――二人分の足音が、冷たい地下に響いてくる。

「すみません、ウィンドさん。付き添って貰ってしまい」

「いえ。会長が行かぬのなら、私が共に行くのが一番スムーズです」

「ベアトリクスに来られても困りますから」

「はっはっは。ああ見えて可愛《かわい》いところも沢山あるのですよ。まあ、娘には負けますが」

「はぁ、そうですか。あれが……」

ふと、少女は顔を上げた。聞き間違えようもないバリトンは、彼女の良く知る相手。

そして——正直に言えば今一番会いたくない人。

「止まれ。ここは神龍騎士団の関係者以外は立ち入り禁止だ。貴様らは——」

「やぁどうも。オルバ商会会長の代理で来ました——」

「俺はオルバ商会で護衛をしている者で——」

何やら、見張りと話し始める二人。あっさりと通されたところを見ると根回しは既に済んでいるといったところだろうか。しかしもう片方はベアトリクスの護衛の男のはずだ。

二人一緒に、それもオルバ商会名義でやってきているとはどういうことだろうか。

疑問に思う彼女をおいて、恙《つつが》なく二人は牢《ろう》の前へとやってくる。

どうしよう。死ぬタイミングがなくなってしまった。

だって、見つかってしまったのだもの。

見張りらしき男とウィンドが隣り合って見守る中、彼は牢獄の前までやってきた。

「——〝時の魔女〟コローナ」

そして彼は、開口一番そう言った。彼女——コローナもそこで察する。今の彼は、〝オルバ商会の護衛〟としてここを訪れている。最初の呼び名でコローナに察させた。

それが分かった上で、もう一つ。どうも自分の素性は彼に露見しているらしいと察して、コローナは目をばってん印のようにして笑った。

「あちゃー。見つかっちゃったっ！」

「……」

彼は少し目を閉じる。何を想い悩んでいるのか、それはコローナには分からなかった。

けれど何やら辛そうなことだけは分かったし、自分を端に発することだとも気が付いた。

「ごめーんねっ？」

「っ、謝るなよ！」

ばっどこみゅにけーしょんっ。おこられちったっ。ぺろりんっ。

泣きそうな顔で、思わず声を上げた彼。後ろの神龍騎士団員が、なんと言われてこの会話を容認しているのかは知らないが。少なくとも、親密度が高そうな会話は拙《まず》いだろう。

彼の表情は、見えないとはいえ。せめて自分は、ずっと変わらず笑っていよう。

そう思い、いつも通りにこにこ笑顔。

「へいへーい。何の用でここまでやってきたー？」

茶化すような彼女の口ぶりに面食《めんく》らい、躊躇《ためら》う己に憤《いきどお》るような、フウタの表情。

拳を握りしめ、それでも彼は、コローナを真《ま》っ直《す》ぐ見据えて言い放った。

「俺の主からの伝言だ」

オルバ商会の名で来ているが故の言い回し。ただ、フウタが俺の主《あるじ》と言った以上、決してベアトリクスのことではないだろう。単に、見張りに対してのブラフのはずだ。

真っ直ぐに見つめてくる彼の瞳。台車の上と下。座り込んだコローナと、その正面に立つ彼。ちょうど高さは同じ程度。視線の高さも合わさるなんて、今までで初めてのこと。

薄暗いせいでよく分からないけれど、それでも辛そうなことは分かった。

さて。王女様からの伝言は、何だろう。胸の内が少しきゅっとする。へたりこんだまま、身に纏《まと》うボロ布の裾を小さく握りしめて、コローナはフウタの言葉を待った。

「──せめて、ギロチンで死ねと、」

告げられた言葉に目を丸くして、それから困ったように眉を下げて──彼女は。

「そっか」

一言。笑って頷《うなず》いた。

彼に知られている以上、選択肢はどのみち無いようなものだったのだ。

わざわざ伝言までさせる辺り、徹底している。

コローナはそれでも笑っているつもりだった。いつもと変わらぬ笑顔を向けているつもりだった。それでもどうやら、目の前のひとは耐えきれなくなってしまったらしい。

思わずといったように開かれた口に、彼女は被《かぶ》せて声を上げる。

「コロ――」

「オルバ商会の、護衛さんっ」

「っ……」

顔を上げた彼に、微笑《ほほえ》みと共に、告げる。伸ばせば簡単に格子《こうし》をすり抜け彼女へと届くその腕は、しかし力なく下ろされた。

「あのねっ、良かったら伝えて欲しいんだー。ほんとは、言うつもりなかったんだけどっ。でもびっくり、メイドの居場所がバレちったみたいでさっ」

「……伝言？」

「伝言預かってきたんしょ？　なら、メイドの伝言も届けてみれー？」

「……分かった」

頷く彼。きっと、目の前のこの人は、今の言い回しから相手を特定した。伝言を預かってきたのだから、その人に返す伝言を受け取るのだと思っているに違いない。でも違う。貴方はただの、オルバ商会の護衛さん。

伝えたい相手は――。

「メイド――って、もうメイドじゃないじゃんね。ぺろりんっ」

えへへ、と笑って、真っ直ぐに。彼の泣きそうな面《つら》を目掛けて、最期《さいご》の気持ちを。

「メイド——ううん、わたしね。フウタ様と居られて、結構楽しかったよ」

「っ、ぁ」

——そりゃそーでしょ。伝えたい相手は、その人だよ。決まってるってばさ。まだまだ修行が足りんなぁ。昇段試験はお預けですねっ。

なんて。目の前の人はあの人じゃないから、言えないけど。

言えないまま、終わるんだけど。

「って、お伝えくださいっ。以上、〝時の魔女〟さんからのお手紙っしたー」

「……コローナっ！」

感極まったように声を上げようとする彼。

コローナは少し目を見開く。失敗の二文字が脳裏をよぎる。

このままでは団員に、変な繋《つな》がりが露見——。


「ところで私は、屈強な男がだあいすきでしてなぁ！」

はっとしたように振り向く彼。

視線の先では、連れてきた男が騎士団員に盛大に絡《から》んでいた。

「ほう鎧《よろい》越しにも分かる筋肉‼　いやぁ、素晴らしい‼」

「な、なんだ急に⁉」

「辛抱たまらんくなってしまいまして‼　はっはっは、そのかんばせは如何《いか》に──おお何とも骨ばった歴戦の面構《つらがま》え‼」

「やめろやめろ‼　兜《かぶと》を脱がすな‼」

慌てたように兜を戻そうとする団員。

一瞬振り向いたウィンドが小さく微笑む。

迷わず、彼──否《いな》、フウタは鉄格子《てつごうし》越しのコローナを力いっぱい抱き寄せた。

「わっ、ふ、フウタ様っ？」

「今までの俺の言葉は全部嘘《うそ》だ」

「……え？　嘘？」

「王女様もキミを待ってる。──必ず助け出す」

ばっと、温《ぬく》もりは一瞬。

つい、抱き返してしまいそうになっていた両手が宙を泳ぐ。

目を瞬《しばたた》かせるコローナに小さく笑みを浮かべ、フウタは頷くと背を向けた。

「ちょ、ちょっとウィンドさん！　何を！」

「む、今大事なところですぞフウタ殿」

「すみませんすみません、うちの代理がとんだ失礼を！」

「…………いや、良《い》い。慣れている」

「えっ」

「えっ」

間抜け面を浮かべたオルバ商会の二人。

少し頬を染めた騎士団員。

視界に全部を収めたコローナは、ついうっかりと吹き出した。


「……困るよ」


自分を助けた先にある未来。それは決して、彼にとって明るいものではないだろうと。

誰にも聞こえないように言った呟《つぶや》きに、どうしてか振り向いた彼は優しく眦《まなじり》を下げて。

こんな状況で尚《なお》も彼を案じるように眉を下げる彼女を一瞥《いちべつ》して、一人誓う。


——次は必ず、隔てる格子《もの》などない場所で。

第五話　〈無職〉を魅せる方法

――御前試合当日。


フウタとライラックは、あれから一度も顔を合わせてはいない。

フウタとコローナも、あれから一度も顔を合わせてはいない。

コローナとライラックに至っては、結局あの茶会が最後だろう。

「間もなく、ですか」

二本の国旗がはためく。見慣れた自らの国と交差するように、もう一つ。友誼《ゆうぎ》を結ばんとする法国のもの。――お膳立ては整った。あとは、自らが最も信頼する剣士に全てを委ねるだけ。その後彼女とフウタが接触していないことには、理由があった。他の誰にも訳を明かす意味はないにせよ、少しばかり胸の内に溜《た》め込んでしまっているものもある。

この一幕が終わったら、またいつも通りに彼を使い倒すとしよう。

そう。この、祭りが終わったら。

「ライラック王女殿下」

目つきを鋭く会場を見渡していた彼女に、かかる声。

すぐさま表情を変え声色を変え精神を変え、向き直って微笑む。

「まぁ、ガーランド閣下！　本日は本当にありがとうございますっ」

「こちらこそ、お招きいただきありがとうございます。いやぁ、盛況ですなぁ」

満足気に周囲を見渡すガーランドの背後には、騎士が二人ほど。

勧められた豪奢《ごうしゃ》な椅子に腰かけた彼は、正面に見えるフィールドを見据える。

ここは、仮設の演舞場。王城から少し離れた場所にある、元は処刑場として利用されていた広い敷地《しきち》を利用して拵《こしら》えられた。土を剝《む》きだしにしたフィールドはお世辞にも良質とは言えないが、その分周囲の観客席は即席にしては随分と見事なものだった。

フィールドを中心にして段々と高くなる観客席は、遠くからでも前の客に邪魔されず試合を楽しむことが出来、歓声がフィールドに籠って大きさを増すように設計されていた。

いかんせん収容人数がさほど多くないことを除けば、十分すぎるほどの出来。法国の重鎮を招くにも、失礼が無いほどには完成されていると言えた。

「これほどの場所であれば、確かに観戦も楽しいでしょうな」

「ふふっ。それも、わたしたちは特等席ですよ」

「違いない。正面からこうして眺めることが出来るのですからな」

剣士が向き合うであろう中央が、最も見えやすいであろうフィールドに一番近い席。

それが、ライラック王女、ガーランド騎士団長、そして国王陛下の三名にのみ許された特等席。彼らは他の観客からは隔離されており、如何なる貴族であってもその周囲に席を設けることは許されていなかった。

三名の周囲に居られるのは、彼らの護衛として連れてきた者たちのみ。

ガーランドはこの状況でも、酷《ひど》く落ち着いていた。

自らが腕利《うでき》きの武人であることや、護衛に置いた二人が騎士団で最も腕が立つ騎士であることもそうだが、ライラックが騎士団の人員配置に一言も口を挟まなかったのだ。

おかげで有事の際には幾らでも対応できる配備が可能であったし、何よりもライラックもとい〈奸雄《かんゆう》〉の仕組んだ罠《わな》が存在するケースが格段に減った。そして、だ。

「――しかし、御前試合に貴女《あなた》の騎士が出場されないとは」

正面から問われた言葉に、ライラックは何かを思い出したようにくすくすと笑う。

「御前試合をやりたいと言い出したのは、わたしではないのですよ。たまたまそういう話が出たので、閣下にお誘いをおかけしたのです」

「なんと。そうでしたか」

驚いてみせつつ一瞬背後の騎士に目をやれば、彼は静かに頷いた。

裏付けは取れている。何でも、オルバ商会が財務卿《きょう》を相手取って行う試合だとか。

ますます疑念の余地が少なくなる。やはり考え過ぎであったのではないか。と。

ガーランドは、〈職業〉とは天に命じられた人間の生き方であると信じている。

故に彼女が〈奸雄〉であれば、必ず〈奸雄〉たる何かを持っていると今でも思っている。

とはいえ、それが必ず自らに牙を剝く策謀を巡らせているかといえば答えは否だ。

たとえ〈奸雄〉であろうとも、手を組む相手とは手を組む。そこに嘘はないだろう。法国との結びつきを歓迎しているとすれば、自らに有利な条件を得ようとはするだろうが、必ずしも自らに不利益をもたらす存在ではない。そういう意味でも、考えすぎなのではないかと結論を出さざるを得ないほど、状況証拠は揃《そろ》っていた。

オルバ商会とライラック王女の間に繫がりは無く、貴族派のリヒターとは敵対関係であるとの情報も入っている。何でも、先月はそのリヒターとライラックの間で御前試合が行われたらしい。その勝敗によってどんな取引がなされたかが気がかりと言えば気がかりだが――今回はそもそも勝負を吹っかけられた側だ。彼らは詳しく聞かされていないが、今日の勝敗で決まるのは、財務卿と商会の間で起《おこ》った金銭的な事情に基づく利権争いの行く末。互いに負けられない試合であることは想像に難《かた》くないが故、これも仕組まれたと考えるのは早計だ。それに、王女が最初からガーランドに見せる試合を選ぶのであれば、もっと崇高な目的の試合か、或《あ》るいは自らが選んだ闘剣士で行うだろう。

本当にたまたまと考えた方が、自然だ。

正直ガーランドは、試合の目的である債務不履行云々《うんぬん》かんぬんを聞いて、若干萎えた。

ライラック王女自身も、そこは聞かなかったことにしてくださいと申し訳なさそうにはにかんでいた。人を罠にかけようという時に、こんな体たらくがあるだろうか。ましてや相手が〈奸雄〉だとして、誘い込みたいところに誘い込めない可能性のある失態である。

一つ一つの情報では、幾らでも疑う余地はある。だが、これだけの状況証拠が揃ってしまうと、流石《さすが》に疑うのが馬鹿らしくなってしまうのも人の性《さが》だった。

とはいえ、油断はしない。ガーランド側で気になる情報が一つあったとすれば、御前試合においてライラックが出してくるかもしれないと言われていた〝謎の剣士〟。

その剣士についての情報は、不自然なまでに得られなかった。この王城に居る誰も彼もが口を閉ざすのだ。だから、その剣士の存在だけが不可解だったのだ。

王女の客人として迎えられているらしいがそのような人物に会ったことはないし、王女を見張らせても接触した気配もない。国王陛下が到着するまでの時間の暇潰しにせっかくだから問いかけることにした。その謎の剣士について、少しでも情報を得られないかと。

「ところで殿下は、数月前に財務卿と御前試合をなさったとか」

「え、ええ。よくご存じですね」

「はは、こう見えても情報には敏《さと》いものでして。……しかしながら。殿下が試合に出したという人物について、何も情報が得られず。武人のはしくれとして、話を聞きたいなと」

「ああ、彼女ですか」

ぽろりと零《こぼ》された貴重な情報に、ガーランドの視線が鋭くなる。

「……残念ながら、わたしでは引き留めるに値しなかったようで。一月ほど、酷く気落ちしておりました」

「そうでしたか。なるほど、道理で皆さんが口にしないわけだ」

「そうなのですか？　知らないうちに気を遣われてしまっていたのですね。……ええと」

「どうかされましたか？」

悩むような仕草を見せたライラックに、ガーランドは首を傾《かし》げる。引き出せるだけ引き出したい。もしも万が一がこれから起ころうものなら、少しでも情報を得ておきたい。

そんな彼に、困ったようにライラックは眉を下げた。

「法国の文化には疎いのですが、その。お伺いしても宜《よろ》しいでしょうか」

「ええ、どうぞ？」

「その……法国では、道ならぬ恋というのは」

切なそうに頬を染め、ぽつりと呟かれた言葉。そこでガーランドは全てを察した。

きっとライラック王女の恋は受け入れられなかったのだ、と。だから皆が口を閉ざしたのだ。それはそうだ。少しでも匂わせようものなら、王族への不敬に当たる。

「――ご安心を。法国は愛を肯定する国。我が国では、どんな愛の形もあり得ますし、否定はさせませんよ。何となれば、我が騎士団にも恋人の契《ちぎ》りを結んだ者が何人か」

笑いかければ、驚いたように、それでもほんの少しだけ嬉《うれ》しそうに、王女は微笑《ほほえ》む。

多くの疑問が解消した。疑う余地が全くない――とはいえない、絶妙なバランス。

まっさらすぎる方が、よほど仕組まれた不自然さが際立《きわだ》つというもの。とはいえ相手は〈奸雄〉。王女の剣士がよほどの腕利きであったことは分かっているのだ。彼女とやらの所在が分からない以上、一切緊張は解かない。

だが、既に足元にレールが敷かれていることには、もう気づけない。

頭の内にこびりついた、〝女性である〟という幻想はもう解けない。

〝本質〟に気を取られ、本当に刷り込みたい情報に気付けない。

『今後は是非、わたしの客人を丁重に扱ってはいただけませんか？』

あの日仕込んだ楔《くさび》は、確かに人の口に戸を立てたのだ。

少しでも外様《とざま》に情報を吐き出せば、自分がどうなるか分からない、と。

ちょうどその時だった。

吹奏楽器の音色と共に、会場への最も大きな入り口から、国王陛下が現れたのは。

全員が席を立ち、気品に満ちた礼を見せる。この場に揃っているのは、王侯貴族の子弟であるか、王国議会に席を持っている者だけ。収容人数が少ない分、ハイソサエティな人間だけを招くことによって、この試合の盛り上がりと高尚さを高めていた。

法国との友誼を結ぶ大事な催しと聞いて、足を運ばない貴族など居るはずもない。議会の人間も例に漏れず、平民でありながら堂々と観覧席の中央を陣取る者たちも多くいた。

――ベアトリクス・M・オルバも、勿論《もちろん》その一人である。隣の席に座った男と共に、王族を除けば最も格式の高い席に腰を下ろしてフィールドを眺めていた。

「おいおいおいおいおい何故《なぜ》だ。何故お前の出す闘剣士がフウタなんだ……！！！」

「えー、ベアちゃんわっかんなーい。悪いけど今回の利権のあるなしはうちの商会にとっても大きいのよ。全力を尽くさせて貰《もら》ったわ。悪いけど」

頭を抱えるリヒターと、席で足を組みお菓子に手を出すベアトリクス。

そう、彼女は全力なのだ。下手を打って傾きかけた商会のリカバーに全力を注いでいる。

間近でフウタという脅威を目にし、リヒターもといプリムに大きな一撃を受けた上。

プリムとフウタという二人から、どうしても脳裏に御前試合という情報がちらつく中で。

好都合にも、フウタを預かれなどという条件が飛び出した。

利用しない手はないでしょ、という彼女は間違っていない。

だが正しいことが正しいと限らないのが人の世なのだ。一頻《ひとしき》り笑ったベアトリクスは目下で始まろうとしている祝辞に気付き、居住まいを正した。隣のリヒターもならったところで、フィールドの隅に用意された舞台上での国王の長い口上が始まる。法国と王国の友誼《ゆうぎ》が成るようにと語る口ぶりからは、どうしても隣国との戦争の影がちらついて回った。

勘弁してくれ、と思っているのはリヒターもベアトリクスも同じだった。

そしてそれは。この日の為《ため》に王女が仕込みに仕込み切った——この会場に集う、軍閥派以外全ての意思であった。

だから——この国を、ぶち壊す。

「さぁ、始めましょう——フウタ」

演説を続ける国王から興味なさげに視線を外し、空を見上げて彼女は呟《つぶや》いた。視線の先には、彼らが入場してくるであろう専用門。国王の演説など、まるで聞いていなかった。

「いやはや、お見事な演説でした」

「はっはっは、これはどうも」

壇上から下りてきた国王に、ガーランドが拍手と共に声をかけた。

会場の注目を一身に受けながら、握手を交わす。

彼らを眺めていたライラックは、二人を可愛《かわい》らしく叱りつけた。

「お二人とも。皆さんが拍手に疲れてしまいますわ。その辺りで」

「――はは、そうだな。お前の言う通りだ」

「ええ。我々はあくまで端役《はやく》ですからな」

はっはっは、と二人の男が笑い合う。

ガーランド、国王、ライラックの順に並んだ席は、闘剣を眺める特等席。

「さてと。王国の文化である御前試合、堪能《たんのう》させていただきますかな」

「本日の大きなイベントの一つ目ですからな」

豪奢《ごうしゃ》な椅子に腰かけて頷《うなず》き合う二人に、きょとんと小首を傾げたライラックが問うた。

「一つ目、ですか？」

ガーランドの口角が小さく上がる。

国王はと言えば、少し驚いたようにライラックに向き直った。

「おや、聞いていないのか。ガーランド殿とライラックの話で、此度《こたび》の企画が決まったと聞いていたのだが」

「わたしは、ただガーランド閣下に御前試合をご観覧いただきたい一心でしたので……」

顔を見合わせる国王親子。

「はっはっは、実はライラック殿下にはまだ言っておらんのです」

「ええと、話が見えないのですが」

「いえいえ。文化を知って欲しいという殿下のお気持ち大変結構。私もそれに報いねばと思った次第ですよ」

困ったようにライラックが父親を見れば、彼は少しバツが悪そうに視線を逸《そ》らした。

――当然だ。ライラックが知っているものと思っていたのだから。自分の使っていたメイドが処刑される。それでも法国との契りを取ったのだと思っていた。

ところが、ガーランドが伏せていた。かといって、表立ってガーランドに何かを言うことは出来ない。何故ならば国王にとって最も大きな目的は法国との同盟もとい、その先にある隣国への遠征だ。――今、法国との繋《つな》がりを無碍《むげ》にするわけにはいかない。

しかし何故だろう。急に暗雲が立ち込めてきたように感じる国王であった。

ガーランドからすれば、当然の差配だ。王女が〈奸雄《かんゆう》〉である以上、真にどちらなのかを見定めなければならない。奸雄とは、治世においては能臣《のうしん》たるのか。それとも、奸雄とは所詮奸雄、此度も何かを企《たくら》んでいるのか。

だからこその安全策。能臣であるライラックならば否《いな》やとは言えず。奸雄であるライラックならば今この時にメイドを救おうとするのではないか。ならば救えぬ状況に最初から持ってきてやればいい。この時ガーランドの頭の中からは〝法国との同盟を望んでいない可能性〟が抜け落ちていた。

それもそのはず。本来ガーランドが行動を起こさなければ、本当にただの観覧で終わっていたのだから。自分で仕掛けたことが、まさか想定通りだなどとは思えない。

「……どうか、されましたか？」

「いや、楽しみにしていてくだされ」

この不安そうな少女の表情からは、想像すらできなかった。

「──お、二人の武人が出てきたぞ。なるほど、双方鎗《やり》使いか」

「ほう。十字鎗の使い手が二人とは珍しいですな」

髭《ひげ》を蓄えた顎を撫《な》でる国王の瞳には、薄手の東方衣装で着飾った美しい少女と、この国の騎士礼装に身を包んだ長身瘦軀《そうく》の青年が映る。

どちらも腕は立ちそうな雰囲気を出しているが、目を惹《ひ》くのは少女の方だった。黒髪を二つに纏《まと》めて結い、毅然《きぜん》とした表情は武人としての誇りに満ちて。しかしながら──

「ふむ。ライラック、あちらの少女は何故、礼装をしていないのだ？」

「彼女の出身地の礼装だそうです。見栄《みば》えが良《い》いので許可しました」

「な、るほど……。伝統とは少し違うが……」

まあ、出身地の礼装だというなら許そう。そう、国王は頷いた。

──少女の服装は極めて露出の多い妖艶《ようえん》な衣装だった。

これは彼女の闘剣士時代の衣装であり、常山《じょうざん》十字の輝夜《かぐや》姫と謳《うた》われ最も人気だった頃の一張羅。姫というだけあり布地は遊びが多く、しかして深いスリットから出た生足は見る者の目を奪う。正式にはチャイニードレスとも言われる衣装を、彼女なりにアレンジした代物であった。実はライラックが許可をしたというよりも、彼女に頼んで着用して貰ったものであったが、結果は上々。観衆の多くは貴族が占めているにも拘《かかわ》らず、恍惚《こうこつ》とした感嘆が漏れ出るようにフィールドを満たしていた。

「──しかし、奇妙なのは」

そうガーランドが呟くと同時、少しばかり会場がざわめく。当然だ。オルバ商会の闘剣士として出てきた男が、見覚えのありすぎる男だったからだ。

そのざわめきに乗じるように、ライラックが頷く。

「閣下。お気づきになりましたか。彼はオルバ商会最強の剣士なのですが……その」

「〈無職〉か。それが最強。なるほど、このざわめきも理解出来る」

「流石《さすが》は、優秀な〈神官〉様ですね。ええ、おっしゃる通りです」

優秀な〈神官〉は、あらゆる職業を看破する。その力は当然、フウタにも働いた。

しかし、そこで思わぬ一言がガーランドから漏れることになる。

「――それも、何者かに〈職業〉を譲渡したが故の、後天性か」

「えっ」

ライラックの目が見開かれる。

思わずといった声に反応したガーランドが、ちらりと彼女に視線を送った。

「驚かれるのも無理はありませんが、私の瞳は誤魔化《ごまか》せませんぞ。まぁ、以前の〈職業〉までは分かりかねるが……私に分からないということは、誰にも分からないということですからな。それに、かなり珍しいケースです」

「そ、そうですか……」

「ふむ、何か気になることでも？」

「いえ」

動揺を落ち着かせるようにライラックは一度目を閉じて、すぐに頭を切り替える。この話で、フウタに対する警戒は完全に解けたことだろう。

それでいい。今は、それでいい。――けれど。

――貴方《あなた》の過去を、わたしは何も知らないのですね。

祭りの前だというのに少しばかり、何故だろうか。

心に隙間風が吹いたような気がした。

「ガーランド閣下は、そんなことまで分かってしまうのですね」

「はっはっは。当然のことで褒められると、こそばゆいですな」

御前試合のカードは、前回と同じ。

即《すなわ》ち、プリム・ランカスタVSフウタの構図であることは変わらない。

そして、この場に集まった者たちの大半は、前回の御前試合の記憶を色濃く残していた。

結果として何が起こるかと言えば、想像に難《かた》くない。

「……でも結局また彼女が負けるんじゃないか？」

「すげえカッコ良かったけど……その」

「まぁ、そうだよな」

王女の客人という立場上、フウタを悪く言うことは憚《はばか》られる。とはいえ観衆の心に去来するのは前回と全く同じ展開なのではないかという懸念《けねん》だった。忘れてはならないが、フウタの戦いは観衆を喜ばせられるようには出来ていない。〈無職〉のフウタが〈闘剣士〉たるプリムに人気で追いつくようなことは、極めて難しいと言わざるを得ないのだ。

出てきたその時こそプリムの姿に沸いていた客も、冷静になるにつれて現実を見始める。

そして、表立ってプリムを応援することは、憚られるような状態にあった。

御前試合は見世物ではない。伝統文化として粛々と行われるべき決闘だ。それをライラックが強引に見世物へと変えただけで、本質は変わっていないのだ。

熱を上げて声援を送ることが出来たのは、あの一回きり。

だから、観衆の雰囲気は徐々に冷めつつあったのだ。

まるで——あの頃のコロッセオと同じように。

ところで。ここに一人。とてもではないがプリムに負けて貰《もら》ってはたまらないという、哀れな男が居る。その男は極めて高い立場に居る者で、表立ってあの王女と敵対したこともある貴族派の筆頭。彼は今回のライラックの目論見《もくろみ》も知らなければ、プリムとフウタの間で交わされている今回の状況に関する情報も何一つ知らない。そうであるが故に、ここで負けたらベアトリクスにまた借金を背負わされるという現実だけが待ち構えている。

男は、なりふり構っていられなかった。

「プリムううう！　貴様、今度こそ負けてみろ！　ゆ、ゆる、許さんからなあああ！」

本人は何も知らない。だが、彼の持つ熱は、背景はどうあれ——まるでコロッセオで片方に賭けた観客のようで。そして、件《くだん》の〈闘剣士〉は、そういった声援へのパフォーマンスに極めて長《た》けた少女だった。気付いたように男の方へ振り返ると、さっと髪を払ってから十字鎗を高速で回して魅せる。あの日と同じ——否《いな》、嫌な緊張が無い分さらに洗練された美しい剣舞は、あっという間に会場の皆を虜《とりこ》にする。

そして、あの財務卿《きょう》が盛大に声援を送ったのだ。

あとは芋づる式に、こぞって皆が熱を上げ始めるのも、時間の問題だった。

「プリム・ランカスタ‼　頑張ってくれー！」

「今度こそ勝ってくれよ‼」

「キミの笑顔が見たい‼　――ああ違う今も可愛《かわい》いけど、勝った時‼」

「プリムううううう‼　一目見た時から好きでしたあああ‼」

「テメエどさくさに紛れて何を」

「プリム‼　プリム‼　プリム‼」

わっ、と歓声が上がる。その殆《ほとん》ど――もとい全てがプリムへの声援と言って良かった。

彼女は笑顔で応えながら、ふと隣を気にした。

――かつての、コロッセオでの苦しみを吐露していた隣の男に。

だが、それは杞憂《きゆう》だったらしい。

自分が応援されないくらいで凹《へこ》むほど、もう彼の心根は弱くない。

見てくれている人は、多くなくていい。ただ、大切な人のために。

だが。今度はまた別の人物がこの状況を許さない。

「――っけんな……」

小さく呟《つぶや》かれた言葉が一つ。

「ざっけんな……ざっけんなざっけんなざっっっけんな！！！！！」

だん、と勢いよく立ち上がったのは一人の少女。

冗談じゃないとばかりに頭を抱え、フウタを指さして叫ぶ。

「フウタ！　あんた今！　ウチの看板背負ってるって分かってるわけ⁉　こんな状況許せると思ってんの⁉　これで勝って本当に勝ちなわけ⁉　あり得ないでしょ！　おかしいでしょ！　少しは闘剣士らしいパフォーマンスで観客を沸かせるとかしてみなさいよ！」

――余程、彼女は腹に据えかねていたらしかった。ふんぞり返って試合を眺め、勝つのが当たり前でさっさと帰る。そんな感じの未来予想図は脆《もろ》くも崩れ去り、勝ったところでオルバ商会の心象が最悪になるような状況しか想定が出来なくなった。

それというのも隣に座っている財務卿のせいだ。どうせフウタの勝利でしょ、という空気で勝つのと、こんな剝《む》き出《だ》しのアウェーで勝ってしまうのとでは訳が違う。

ベアトリクスにとってはたまらない状況の出来上がりだった。

「そう言われてもな」

「あたしは今！　あんたの上司！　敬えっつってんじゃねえのよ‼　命令に従え！」

「……仕方ない奴《やつ》だな」

「あたしが悪いの⁉」

口角泡を飛ばしてキレ始めたベアトリクスを一瞥《いちべつ》したフウタは、仕方なく十字鎗を握った。昔から、何度だって観客を沸かそうと努力はしてきた。それが実らなかったからこそ今がある。心配そうな目でフウタを見るプリムをよそに、フウタは鎗を振るい、掲げた。

それはたいそう武骨で、なんというか、華の無い動きだった。

観客の空気は、微妙の一言に尽きた。

「ああああああああああああああああああああああ！！！！」

その燃えるような赤髪をかきむしり、ベアトリクスは吼える。

なんだそのしょうもないポーズは。それで本当に観客が惹けると思っているのか。どこに動きのキレや見栄《みば》えを忘れてきたんだ。言いたいことは山ほど浮かんだ。

だが、その全てを彼女は——のみ込んだ。

ところで、ベアトリクス・M・オルバは〈経営者〉である。それも自他ともに認める天才の類だ。経験に裏打ちされた商会の運営者たちを軒並み押しのけ、十一歳の時には実質的なトップ兼アナリスト兼マネジャー。挙句十四歳となった今、商会を王都最高のものに押し上げた上で完全なるワントップ体制を築いている女だ。

『〈職業〉はその殆どが、才能の一点特化を助長しています』

闘剣士ならば、強いことではなく、〈勇壮なる戦い〉。発動条件は、他者との闘争。

侍従ならば、何者かに対する〈奉仕の心〉。発動条件は、奉仕すべき対象の存在。

経営者ならば、事業に対する〈広角的理解〉。発動条件は、経営すべき事業。

ベアトリクス・M・オルバは〈経営者〉である。

はっきり言ってフウタの居たコロッセオの〈経営者〉など話にならないくらいの天才だ。素材の料理の仕方くらい、熟知して余りある。瞬間的に計算し、すぐにフウタという〝素材〟の売り方を思考する。目の前の男は即ち、商品。経営すべき事業そのものだ。

——もしもあの時、ベアトリクスがコロッセオに居たら。八百長《やおちょう》を唆《そそのか》した経営者は今頃、泥に詰められて海へと捨てられていただろう。

「キャラが立ってねーのよこの無個性根暗野郎！　あんたが今するべきは悪役《ヒール》よ！　そんな煽情的《せんじょうてき》な女が目の前にいるんだから、せいぜい下劣に迫りなさい！　男どもは目を剥いてあんたを応援するに決まってるわ！」

「えっ」

「会長命令よ！！！！　今‼　すぐ‼　やれ！！！！！！」

——もしもあの時、ベアトリクスがコロッセオに居たら。もしかしたらフウタは、チャンピオンとしてもう少しまともな評判を得ていたかもしれない。

申し訳なさそうにプリムを見るフウタに、彼女はおかしそうに笑ってから、告げる。

「戦い前のパフォーマンスでしょ？　いいよ。スリットでも切ってみる？」

「……いいのか？」

「修繕費はベアトリクスに請求するから」

軽くウィンクするプリムに、フウタは一度目を閉じて。

「お前らこいつばっかり応援しやがってー‼　こうだ‼」

──実に棒読みながら。

プリムの服裾を正確に突き破り、はだけた肌色に観客の声援が爆発的に大きくなった。

「おおおお‼　いいぞ──‼　やれやれええ‼」

「テメエプリムちゃんになんてことするんだ‼　──ちょっとだけだぞ‼」

「うわ最低……プリムー‼　そんな男に負けんなー！！！」

やり口は下劣ながら。それでも、フウタは生まれて初めて。

見ず知らずの観客から声援を受けることになった。

「即席ならこんなものね。ビジネスに昇華させるなら、もう少しこう……って。アイツを磨いてもあたしの得にはならないじゃない。あほらし」

ベアトリクスは鼻を鳴らして腰かけると、カップケーキを片手に煩わしそうに首を回した。これで、少しは見られる〝興行〟になるだろう。

はちきれんばかりの歓声が、演舞場を包み込む。

そのさまを眺めていたライラックは一つ頷《うなず》くと、後ろに控えていた人間に合図した。

フィールドの中央で、二人の鎗《やり》使いが向き合う。

「ふふっ」

審判に選ばれたらしき男を前に、プリムは小さく笑った。女性的で柔らかなそれは、彼女にしては珍しい表情。ちょうどパフォーマンスで裂かれた太腿《ふともも》の布を弄《いじ》りながら、楽しそうなその顔に、フウタは首を傾《かし》げた。

「どうした？」

「フウタくんは、それどころじゃないかもしれないけどさ」

十字鎗を軽く弄びながら、彼女は観衆へと視線を巡らせる。

「──嬉《うれ》しいんだぁ。やっぱりチャンピオン戦は盛り上がってなんぼじゃん」

「……ああ」

それどころじゃない、というのは、つまりフウタが一刻も早く救い出したいと願っている少女のことで。嬉しいというのは、この盛り上がりようのことだろう。

コロッセオとは比べるべくもないほど収容人数は少ないし、プリムはこれ以上の歓声など星の数ほど浴びたはずだ。それでもあの日、この国で刃を交えて出会ったのは、孤高のチャンピオンが孤独であったという事実。――だからこそ。

「悪いけどフウタくん。私、全力で行くから。こんな状況とはいえ、キミと正面からやり合える機会を逃すつもりは無いよ」

「――分かった。受けて立つ」

「そうこなくっちゃ。もともと、そういう約束だしねっ‼」

それに、とプリムは呟いた。商会の名代でフウタがここに来ることは知っていた。どんな裏事情があるかまでは聞いていないが、そこはそれ。

「キミが許していたとしても、私のムカつきとは関係ないもんね！」

ここでフウタを倒すことが出来れば、ベアトリクスに泡も吹かせられて二度美味《おい》しい。

――試合、開始。

「元【天下八閃《はっせん》：陸之太刀《ろくのたち》】、常山《じょうざん》十字の輝夜《かぐや》姫、参る――夜空に散れ、流星の如《ごと》く！」

始め――の合図があるかないかの刹那、真《ま》っ直《す》ぐにフウタの頸《くび》を狙い神速の一撃が襲い来る。フウタが目を見開き、瞬時に自らの鎗で受ける。

――速い。あの一件もとい、あの試合があってから未《ま》だ一月経《た》っていないというのに、彼女の鎗はさらに洗練されていた。あれだけ鍛錬を積んで磨かれていた彼女の鎗にまだこれほどの伸びしろがあったことに、フウタは素直に驚く。

「毎日夢に見るんだよ」

プリムの口角が歪《ゆが》む。先《さつき》の柔らかな笑顔から一転、彼女らしい獰猛《どうもう》なものに。

「あの日の敗北は気持ち良かった。でも悔しかった」

《常山十字：流星一矢《いっし》》

放たれた最速の刺突は、あの日よりもさらに鋭く。

「でも毎日夢に見るってことはさ」

足捌《あしさば》きはフウタの体勢を崩しにかかり、その鎗は虚実を交えてフウタを襲い、その体捌きは獲物を狙う獣のように、一手二手とフウタを追い詰める。

「──私よりも上手《うま》い鎗使いが毎日目の前にいるってことなんだよ、先生」

ニタァ、と笑みを深めた彼女がフウタに足払いを仕掛ける。体術を組み合わせた槍術《そうじゅつ》は常山十字槍術の王道ではないが、その分フウタに気取られない。

「キミの模倣は私の軌跡を模倣する。なら、急に絡《から》めた代物には対応できる⁉」

だからこそ、その長柄の武器との相性がいい。

近づけば急な体術、離れればほぼ互角の鎗で時間を稼げる。

それが、プリムが思いついたフウタ攻略法。

なるほど、と思う。鎗を交える度に伝わってくる鍛錬の形跡には、この体術を使ったものは無い。フウタを知っているからこそ、こうして奇策に出たというわけだ。

勇猛果敢に攻め続けるプリムに、会場中から歓声が巻き起こった。

美麗な闘剣士が繰り出す鎗技に沸き立ち、声援がそこかしこから飛び込んでくる。

「いけええ‼　姉ちゃん‼」

「そこだ！　ぶっかませ‼」

口汚い応援の殆《ほとん》どは平民議員やその係累によるものだが、彼らに釣られて気品ある貴族たちでさえ熱を上げる。それは神龍騎士団——そしてガーランドも例外ではなく、その華のある戦いに自然と目を奪われていた。

自然と出来た無礼講。

際限なくヒートアップする戦いを、ライラックは満足そうに見届ける。

——この後のことを依頼する代わりに、プリムには報酬としてフウタとの決戦を差し出したのだ。プリムが上機嫌に鎗を振るっていることに、ライラックも決して否《いな》やはない。

「こ、これは御前試合としてはどうなのだ」

そう呟く国王の言葉は、敢《あ》えて無視した。ガーランドが楽しそうに観覧しているのであれば、国王に用はない。彼には法国の騎士団長が楽しんでいるものを途中で取りやめさせるような胆力はないのだから。そっと目を細め、ライラックは会場に気を配る。

仕込みは上々。あとは、この試合の後に。

「——ねぇ、ちょっと。プリムとかいう女、強いんですけど！」

お菓子を片手にのんびり観戦。どうせフウタの圧勝圧勝。ウィンドを打ち砕いた男に信頼を置いていたベアトリクスは、予想外のプリムの善戦に度肝を抜かれていた。

前回はそれなりにやり合って敗北だったのだから、どうせ今回もそうだろう。

高をくくっていたが故に、プリムの猛攻に焦《あせ》る彼女。

その真後ろの座席で、ウィンドはからからと笑う。

「それが闘剣の面白さですよ。昨日の勝者が今日も勝つとは限らない」

「面白がってる場合じゃないってのよ‼　ちょっとフウタ！　早くやっつけなさい！　ぶっころ——したらダメ、うちの看板背負ってるんだから！」

「ふふ。案外と、会長も闘剣を楽しんでいるではありませんか」

「楽しんでる場合じゃないっつってんでしょ！　——ただまあ」

周囲の熱量に、彼女は冷静な〈経営者〉としての頭脳を働かせて呟《つぶや》く。

「確かに、金にはなるかもね」

「それは会長にとっては、最大の評価ですな」

目を細め、ウィンドは戦う二人を眺めて思う。

ああ、実に楽しそうだ。もうそろそろこの身は衰えを見せる頃だろうが、その前に一度、あの舞台を味わってみたい、と。

『私たちは、キミを超えるためだけに、刃を振るってきたんだ』

あの日彼女はそう言って、それから一月が経過した。フウタにとって色々あったこの時間を、彼女はきっとフウタに勝つ為《ため》だけに費やしてきたに違いない。

その言葉に嘘《うそ》はなく。彼女なりの戦い方で、毎日フウタを倒す方法を模索しているのだ。

「はは、まだまだ行くよ‼」

一閃、二閃、三閃、四閃。

《常山十字：流星群》

その鎗に合わせて時折叩《たた》き込まれる蹴りと拳打は、確かにフウタの辞書には無かったものだ。だがフウタとて。プリムという強敵を、甘く見た日は一度も無かった。

『分かった』『受けて立とう』

あの日、そう言ったのだ。

今、胸の内は試合どころではない。ずっと、鉄格子《てつごうし》越しの彼女を想《おも》ったままだ。けれど、だからといって。目の前の彼女を無碍《むげ》にするのは——今のフウタは、もうしない。

憧れられていると、分かっているから。

「そうだ、俺は軌跡を模倣する」

プリムの飢えた虎のような視線と、フウタの模倣する瞳が交錯する。

「だから、もう見た」

鎗を交えるその瞬間、フウタはプリムの研鑽《けんさん》を感じ取る。確かに彼女は鍛錬の際も体術の類を交ぜるようなことはしていなかった。故にこの戦いにおいての体術は粗いと言わざるを得ないが――それでも、フウタにとって有効打であったことは間違いない。

だが。それでも、彼女の最近の鍛錬には違和感があった。

そこかしこに空白、間隙《かんげき》があるような違和感が。正体がフウタに仕掛ける体術であると分かった以上――今の彼女の動きと、鍛錬の動きを重ねればいいだけの話。

それがどんな高等技術であるかは、フウタには関係がない。

出来てしまうのだから、仕方がない。故にフウタは最強なのだ。

《模倣：プリム・ランカスタ＝常山十字：流星一矢》

プリムの体術を捌き切り、そのまま腰溜《だ》めにしていた鎗を放ってプリムの体を突き放す。

「――そう」

またしても、からん、と転がった鎗に、プリムはしかしあの時とは全く異なる楽しそうな笑顔で頷いた。

「またやろうねっ！」

――勝者、フウタ。歓声が沸き起こる。喚声が沸き起こる。

戦いが終わった。御前試合が幕引いた。

そして。

「――嘘でしょ？」

誰よりも早く反応したのは、ベアトリクス・M・オルバ。移動式の巨大な何かが騎士団員によって運び込まれ、それは先ほどまで国王その人が演説していた舞台へと押し上げられる。もとよりこの地は、演舞場となる前は処刑場だった。それが、元に戻ったかのような冷たい空気と――鈍い刃の輝き。

ベアトリクスは、これから起こる全てを察した。

〈経営者〉としての――否《いな》、彼女を天才たらしめた頭脳の恩恵。騎士団がやろうとしていることでもなく、王女がやろうとしていることでもなく。その全てを包括して、最も自らに不利益をもたらす存在へと、ゆっくりとベアトリクスの怯《おび》えたような瞳が動く。

「ねえちょっとフウタ――オルバ商会の看板背負ったまま、何する気？」

青ざめたベアトリクスに、答えをくれる者は居ない。

第六話　生きたい、りゆう。

るーんぱっぱー、うんぱっぱー。

楽しい時はさらに楽しく。そうじゃない時は、少しでも楽しく。

そうやって騙《だま》し騙しやってきた。

けれど結局、生きたい理由も死にたい理由も、特にないまま。

生きている意味って、何だろう。それすらも、分からないまま。

『この〈魔女〉が‼』

『どうしてお前のような化け物がここに居る……‼』

『何をへらへらしてんだよ‼』

そんな自分が生きるために、誰かを犠牲にするなんて、なんというか、しっくりこない。

『何のつもりか知らないが。──この人には指一本触れさせねえ』

『大事な人を害そうなんて人間を許せるほど聖人でもない』

『俺にとって、キミは心を救ってくれた恩人なんだ』

きっとあれは、とても嬉《うれ》しかったのだろうけれど。それでもやっぱり。

『……困るよ』

――生きたい理由も特にない、わたしなんかのために、貴方《あなた》に負担をかけるなんて。

運ばれてきた大きな木造の物体に、会場の空気は一変した。

鈍色《にびいろ》に瞬《またた》く刃は鋭く、ぴんと張られた綱によって高く高く吊《つ》るされていた。あれがひと度弛《ゆる》むようなことがあれば、あっけなくその刃は落ちるだろう。その下に固定された、少女のうなじ目掛けて一瞬で。円くくり貫《ぬ》かれた木板に可愛《かわい》らしい顔を通されたまま、ぼさついた金の髪は乱雑に払われすっかりと左右に分けられて、その首元を露出している。

衣服と呼べるかも怪しい白い布を纏《まと》った少女はしかし、殺される直前だと分かっているのかいないのか、ぱちくりぱちくりと目を瞬《しばた》かせてこの会場に視線を巡らせていた。

広いフィールドと、大衆が見守る客席の群れ。自らの処刑を、いつかに比べて随分と大人数が見守るものだ。そんな妙な感心を思わせるような、「おお」という彼女の表情。

場違いな笑みを浮かべたままの彼女を、断頭台を運んできた騎士団員たちはおぞましいものを見るような目で見据えていた。――殺さねばならない、不気味な異物として。

ざわざわと、観衆の中をどよめきの波紋が走っていく。

あれはなんだ、どういうことだ。何が始まろうとしているのだ。

「……あ、れは」

その純粋な疑問は、傷ましいものを見るような視線と共に交わされた。異様ともいえる会場の空気の中で。最も動揺しているのは、国王の隣に席を与えられていた少女だった。

「ど、どういう、ことですか？　あれは居なくなってしまったわたしのメイドです！」

「ええ、知っておりますとも。王女殿下は我々に王国の文化を教えてくださいました！」

鷹揚《おうよう》に頷《うなず》くガーランドは、ゆっくりと立ち上がり国王と王女の前へ出る。今の王女への返答ですら、どこか王女というよりも大衆を相手にしたような代物。

朗々と紡《つむ》がれる語り口はまるで演説だ。

王侯貴族や王都議員を相手取り、ガーランドは大きく手を広げて言い放った。

「大変楽しい催しだったが――楽しいか楽しくないかは、国と国との関係においては些事《さじ》であることは皆さんご存知《ぞんじ》の通りと思う！」

立ち上がり、食ってかかろうとする王女を、国王がそっと肩に手を置くことで留《とど》めた。

彼女とてこの国の王女。国王と、そして同盟を結ぼうという国のトップが決めたことに表立って否をぶつけることなど出来はしない。

ぐ、と歯噛《はが》みしながらも、彼女は案じるように処刑台の方へと目を向ける。

処刑台の少女は、何が面白いのか王女を見て苦笑いをしていた。

「御前試合が王国の文化ならば、魔女狩りは法国の文化である！　馴染《なじ》みの無い方にとっては単なる少女の処刑に感じられるかもしれないが——法国の信ずる教えに従い、災厄をもたらすと謳《うた》われる〈魔女〉は生かしておくわけにはいかない」

リヒターは渋面を浮かべ、ベアトリクスはそもそもそれどころではない。

ウィンドは静かに目を細め、プリムは感情の無い瞳で演説を見つめていた。

「元々、この王都で魔女狩りの儀式を行うつもりは無かった。しかし王国と法国のこれからの歩み寄りを考えるに、文化を知って貰《もら》いたいという王女殿下の言葉は心に刺さった」

観衆も、まるで王女の提案であるかのように言われては、余計に下手な動きは出来なかった。実際、一面上はその通りであるから王女自身も何も言えない。

「故に。此度《こたび》は王国と法国が手を取り合う大きなきっかけとして、御前試合と、魔女狩りの儀式を、同時にさせて貰うこととした！　これは、国王陛下からも承認を得た栄誉ある式典であり——何より、私は陛下の厚意に感動しました！」

王女殿下に加え、国王陛下のお墨付きがあるとこの場で宣言するガーランド。

王女の動揺は明確だが、国王が口を挟む気が無い以上、大衆たちは所詮ただの見届け人に過ぎない。戦争肯定派の軍閥派だけが、にわかに沸き立つ。

その一瞬、ガーランドは少しの違和感を覚えた。

まさか王都で実権を握る者どもが、少女一人の処刑如《ごと》きに一喜一憂するはずもない。

むしろ大切なのは、王国と法国の同盟関係がより強固になることだ。

だというのに軍閥派以外のこの空気は、まるでそれをあまり望んでいないかのような。

おそらく、先ほどの御前試合が盛り上がりすぎたのだ。ガーランドはそう結論付けた。

故に急に現れた処刑台とこの展開についていけないだけなのだと。だがどうでも良《い》い。

彼らは、見ているだけでいい。魔女狩りの儀式さえ成ってしまえば、王国と法国は手を取り合ったも同然なのだ。

――語りながら周囲の様子を窺《うかが》う。王女の手の者らしき人物がどこかで動いている様子は無い。騎士団員も特に異常を伝えてはいない。やはり王女の提案はただの善意であったと見るべきか。だとしたら、自身のメイドが処刑されるのはショックだろうが――遅かれ早かれあの〈魔女〉は生きていれば彼女に不幸をもたらすだろう。或《あ》るいは、悪魔のささやきで彼女を本当の〈奸雄《かんゆう》〉に変えていたかもしれない。

そう考えれば、今この場で〈魔女〉を処刑することは、たいそう理にかなっている。

「これより、魔女狩りの儀式を執り行う！　団員、準備を！」

そう命じた瞬間、すっかりと顔を青ざめさせた王女が、ふらふらと席に腰を下ろした。

一度、〈魔女〉の身内が出来てしまった者は皆こうしてショックを受けるものだが、所詮は一過性のものとしてガーランドは取り合わない。

だから——彼女が動揺のままにサイドテーブルのカップを取り落とした時も、そう警戒はしていなかった。たとえ王女を想《おも》う者がいたとしても、議員は迂闊《うかつ》なことが出来ない。貴族は当然王族に逆らうことは出来ない。ならば、誰も動くことは出来ない。

否、違う。

この場においてたった一人にとっては。王女がカップを取り落としたその瞬間が合図。お気に入りの陶器を砕いた瞬間こそがその合図。法国の伝統ごと、その刃を打ち砕く。

——行け。この国を覆《くつがえ》しなさい。

——はい。

駆ける速度が常識外れに速かったわけではない。ただその迷いのない、流れるような滑り出しに多くの者が呆気《あっけ》にとられた。まるで状況がこうなることを全て把握していたように、フィールドの中央に立っていた青年が一直線に処刑台へ向かう。

「なっ⁉」

ガーランドでさえ、ノーマークだった闘剣士の動きに反応が遅れた。

何故《なぜ》だ。何故、自分たちに〈魔女〉を売ったオルバ商会がここで動く？

その疑問の氷解を待つような悠長は、ガーランドには許されない。

「——止めろ‼」

ガーランドの命令に、騎士団員たちの反応は素早かった。もとよりこうした有事の際、そして儀式の妨害をしようとする不届き者を制することには慣れた者たちだ。

戦働きも熟練かつ、暴徒鎮圧に長《た》けた彼らは、そのまま握る鎗《やり》を片手に彼を迎え撃った。

そう。鎗だ。神龍騎士団の得物は、鎗。彼が今持つ得物と同じ。だからこそ王女は、御前試合の相手をあの少女に依頼した。振るわれるは一閃《いっせん》。薙《な》ぎ払《はら》われるは十字鎗。

「どけ」

三人ほどの騎士が纏めて跳ね飛ばされ、吹き飛んだ隙間を縫って彼は駆ける。

「——何をしている！　止めろ！　捕らえよ！　魔女に惑わされた異端者だぞ！」

ガーランドの声に呼応して、兜《かぶと》越しにもはっきり分かるほどに瞳をぎらつかせた騎士たちが彼に襲い来る。よほど、法国では〈魔女〉というのは恐れられているのだろう。

だがそんなもの、この男にとっては関係なかった。

一人、二人、三人、四人。

たとえ重鎧《じゅうがい》をまとった騎士たちであっても、その十字鎗で打ち払っていく。

「……っ」

流石《さすが》に鎗が折れそうだと、僅かに歪《ゆが》む口元。しかし、だから何だと前を向く。

視線が合う。驚きと、そして拒絶。

口を開けば「やめて」とでも言いそうな彼女の、らしくない珍しい表情。

——彼は、そんな彼女に笑いかけた。ああきっと、いつも自分はあんな顔をして、心配をかけていたのだろう。今は何となく分かる気がした。自分がどれだけ危ない場所に居るかなんて棚に上げて、相手を想うそのさまはお互い様だ。

国王にも法国にも目を付けられて、実行犯として吊るし上げを食《く》らう可能性だってある。今度ばかりは王女一人の力ではどうしようもないかもしれない。

そもそも、そこまでして彼と彼女を庇《かば》うメリットなんて、あるかどうか分からない。ひょっとしたら彼も今回騙されているかもしれない。

でも、彼はそれでも良かった。それで彼女を救えるなら、それで良かった。

だから笑いかけた。——だから、彼女は。笑えなかった。

「ああもうめちゃくちゃ！　全部あの女の手のひらの上ってこと⁉　あのクソアマ！」

叫ぶ少女の声は、ちょうど処刑台の真上。ベアトリクス・M・オルバの観覧席は、ちょうどフウタの進行方向上にあった。次から次へと際限なくやってくる騎士団員に取り囲まれながらも、何人もなぎ倒して進む青年の姿。たまらずベアトリクスは叫んだ。

「——ウィンド‼」

背後に居る男を使い、この事態を収拾する。

そのつもりでかけた声に、低く柔らかい紳士の声が返ってくる。

「はい。会長」

だが、その続きが問題だった。

「どちらを援護しますか？」

「は～～～～～⁉　決まってるでしょ‼　フウタを――」

止めなさい、と言えなかった。止められるのか？　答えは否だ。どれだけあの男が強いかなど、現在進行形で本人が証明している。オルバ商会の名には、既に大きな傷がついた後だ。ここで下手にウィンドをけしかけてフウタを妨害し、もしもあのメイドが死んだとしたら？　もう――法国とオルバ商会の関係は既に最悪が約束されてしまった。

実は、彼女の明晰《めいせき》な頭脳はもう降参《リザイン》を示すほかないと理解している。

「援護……しな、さい……！！」

「御意」

唇を噛《か》みしめ、銀の少女を睨《にら》み据える。何から何までお前の思惑通りか。

ならせめてあの男に恩を売りつけて、ほんの少しでも利益を得る。

――ベアトリクス・M・オルバとは、必要とあらば親の仇《かたき》の靴だって喜んで舐《な》められる女だ。この程度の屈辱はもはや慣れっこ。それでも、握りつぶしたカップケーキを口にする気には、最早《もはや》なれなかった。口の中に、鉄の味が充満していた。

そんな彼女たちの葛藤には目もくれず、フィールドのフウタは激闘の中に居た。どんな相手の攻撃も、その瞳に掛かれば造作もない。ただ単純な物量と、そして重鎧という彼らの武装が少々の足かせだった。

人数が多いことそれそのものは、実はフウタにとっては何のデメリットでもない。自らの周囲に感じ取れる武人が居れば、たとえ目隠ししていたとしても彼の《模倣》の対象だ。

乱闘とて決して苦手というわけではないのが、彼の知られざる強みだった。きっとこの先プリム辺りが、人数で攻めれば勝てるのではと戦いを挑んでくるだろうし、そして返り討ちにされるだろう。そんな楽しい日々の到来は、今日を乗り越えなくては意味がない。

相手の重鎧が面倒だった。出来れば殺傷は控えたい。それは法国と王国との間に発生する緊張を少しでも緩和するためである、と王女その人から伝えられていた。

彼女の言うところの優先順位は高くないそうだが、状況が最悪になるまでは王女の意向に沿いたいというのもフウタの本音だ。そうすると、どんなに敵を弾《はじ》き飛《と》ばしたとしても、戦闘不能になってくれないというのが一番の重荷だった。鎧《よろい》のおかげで軽減されるダメージは大きく、続々と集まってくることを考えても状況はあまり良くはない。

王女には申し訳ないが、そろそろ心の決め時か。

そう、フウタが目を細めた時だった。

「――六歳になった娘がおりましてな」

その一言と同時、上空から降ってきた男は、両手に握りしめた太い鉄鐗《てっかん》で騎士の鎧を勢いよく陥没させた。そのまま体をひねり、周囲の騎士をなぎ倒す力強い二本の鐗。

「あ、おめでとうございます」

一瞬呆気にとられたフウタは、思わず呟《つぶや》いた。少し前は、六歳になる娘と言っていたはずだ。そう思っての返答に、彼はやたら嬉《うれ》しそうな顔で頷《うなず》いた。

「ありがとう。本当に可愛《かわい》い盛りです。最も愛している人と言っていい。――そんな人が、衆目に晒《さら》され殺されるなど、私は耐えられない」

――あの日と同じことを言います。

「大事な人を取り返しにいきなさい」

鉄鐗が風にうなりを上げる。それを合図に、フウタは騎士の間を駆け抜けた。

「はい!!」

走るフウタを止めようとする騎士の兜が、勢いよくはじけ飛ぶ。

「剣は人を表すと言いますな。そして、類は友を呼ぶとも言います」

鉄鐗を振るい、陥没した腹部を足蹴にし、騎士の吐瀉《としゃ》物を眺めながら、ウィンド・アースノートは告げる。

「自分が正しいと思っている人間をいたぶるのは、私の趣味なんですよ」

凶悪に愉悦の笑みを見せる男が、鉄鐗を握り暴れ回る。

――ウィンドの援護を背に駆けるフウタの周囲を、騎士たちが追走する。重鎧に対して十字鎗での立ち回りは、相性が良くもあり悪くもある。敵を寄せ付けず、自らが目的の場所へ駆けるためならばこれ以上に頼もしい相棒などいない。だから十字鎗で牽制《けんせい》し、弾き、道を切り拓《ひら》く。ただその一方で、追われる側になると防戦が難しくもなっていた。

それでもフウタはその模倣の力で、襲い来る騎士たちを来る端から迎撃する。手練《てだ》れの騎士といえど彼の鎗捌《やりさば》きに腰が引け、何とか距離を詰めさせずにはいる。

だが、その一人一人にかかる時間が勿体《もったい》なかった。

「なるほど。走りながら守る時はそう使えばいいのか。常山《じょうざん》十字じゃ教わらないなー」

逃げるフウタと追う騎士たちの間に、割って入る影。

「プリム!?」

「はろー。どーも、財務卿《きょう》に雇われているだけの、無関係の人間です宜《よろ》しくね！」

リヒターに迷惑を掛けまいと、謎の言い訳を口にその少女――プリムは十字鎗を構えて騎士たちと相対する。

「邪魔だ小娘！」

「リヒターくんとは無関係突きー！　リヒターくんとは無関係薙ぎ払いー！　常山十字……」

「リヒターくんとは無関係ー！」

　リヒターが聞けば泡を吹いて倒れそうな言葉をこれでもかと叫びながら、彼女は鎗を手に舞い踊る。フウタが模倣の天才ならば、彼女は鎗の天才だ。フウタがたった今騎士たちの持つ鎗から盗んだ技法をたちまちものにして、彼女は騎士たちを迎撃する。

「行きなよ、フウタくん！　ここまで耐えたんだ、後はかっこよく決めろよ！」

　──頷いた。頷いて背を向ける。正面にはもう処刑台と、それを守る数人の騎士だけ。

　そして、ずっと会いたかった人。

「──コローナ！！！」

　叫び、走る。

　彼女が今、どんな思いを抱いていようと、どんな顔をしていようと関係なかった。

　ただ、そう。

『嫌だ！！！！』

『貴女《あなた》と同じくらい、あの人のことが好きなんだ！　一緒に居て欲しいんだ！』

　だから。

『だから連れ戻します！』

――キミの意思なんて、関係ない。

正面から走りくる、楽しい時間をくれた人。

その光景は、処刑台の上からは誰よりもよく見えていた。

「――」

この場所で初めて目が合った時、彼がやろうとしていることには気が付いた。

なりふり構わず助けてくれるつもりだと、その瞳に宿る意志が言っていた。

あの時どうして、「やめて」と口に出せなかったのか。

その理由は、まだ分からない。

「何をしている！――おのれ、あの闘剣士は何者なのだ！ 早く殺せ！」

ガーランドの口角泡を飛ばしながらの訴えに、騎士たちは懸命に応えようと鎗を振るう。

しかしその全てがたった一人の青年によって、打ち払われているのが現状だった。

その上、増援を寄越《よこ》そうにも演舞場入り口付近に詰めさせていた騎士たちは、鉄鐗を両手に握った壮年の男が次から次へと再起不能に痛めつけていく。その一撃はまるで昏倒《こんとう》させることよりも恐怖を植え付けることを優先しているようにさえ見えて、騎士たちの腰が引けてしまう。加えて中央付近では、先ほどまでの流麗な舞踏に加えていつの間にか神龍騎士団の鎗技《そうぎ》すら身に着けてしまった東国の少女闘剣士が暴れている。

こんな状況になっているというのに、観客はあの少女から目を離せない始末だ。

明らかに、王家の用意した儀式をふいにしようとする動きにも拘《かかわ》らず、王都議員どころか貴族や衛兵に至るまで、何故《なぜ》動こうとしない。

ここに来て、ようやく何かを察するガーランド。

王女殿下は何も出来ず、立ち上がることもままならない。国王陛下は慌てて衛兵に何かを伝えているようだが、それでも目立った動きは見えないまま。つまりは、だ。既にこの場は、何者かに掌握されている。

誰に？

そんなもの決まっている。

〈奸雄《かんゆう》〉に意識を持っていかれすぎたのだ。

〈魔女〉を売り渡し、あの闘剣士を送り込み、この場を支配してみせているのは——

「あの商会の小娘がァ‼」

——あたしじゃないわよ‼　という怒鳴り声は当然ここまで届かない。

この国では、貴族同様に王都議員が力を持っている。王都議員と貴族が異なるのは権力基盤。即《すなわ》ち、家柄か権力かの違いだけだ。オルバ商会が持つ王都での影響力は計り知れず、その情報だけを持っているガーランドにとっては——この状況を演出し、貴族たちを沈黙させているのがオルバ商会だという結論になってしまっても仕方がないのだ。

皮肉にも彼女の持つ権力という強みが、裏目に出た。

——物事を見定める時は、一つの決定的証拠よりも、多くの状況証拠が物を言う。

仕組まれた痕跡、黒幕のシルエットは、そうしたところに浮彫《うきぼ》りになるのだ。その結果、彼の瞳にくっきりと見えてきたのは、ほかならぬ赤髪の商工組合会長であったわけだが。

彼は考える。今回の罠《わな》は〈魔女〉を使ったマッチポンプだ。オルバ商会はきっと法国と王国との同盟を嫌ったのだ。それでわざわざ〈魔女〉という餌を使い、この状況を演出してみせたのだ、と。やってくれるものだ、と歯噛《はが》みして睨み据える先は観戦席。

法国を虚仮《こけ》にして、敵に回すのも構わないと来たものだ。法国にとって〈魔女〉がどういう存在か分かって売りつけてきて、このタイミングで御前試合を吹っかけることで王女を動かし、根回しを済ませたのち、闘剣士を送り込んで〈魔女〉を回収する。

その後はどうせ、別のところに売るなり何なりするのだろう。

「ふざけるな。〈魔女〉を商品か何かと勘違いしている。あれは災いそのものなのだぞ」

あの女は凄腕《すごうで》の〈経営者〉であった。

なるほど、この状況を事業と見定めれば、彼女の手腕が完璧であることは認めざるを得ない。ガーランドは〈神官〉であるが故に、〈職業〉による説得力を重視した。

神を冒瀆《ぼうとく》する女を、法国神龍騎士団長ガーランドは許すわけにはいかなかった。

だから。儀式が台無しにされた今、彼に出来ることは一つだった。

〈魔女〉を奴《やつ》らに回収されてはならない。

「神よ、贄《にえ》を粗略に扱う私をお許しください」

そっと目を閉じ、呟く。そして。

「縄を切れ‼　ギロチンを落とせ‼　――〈魔女〉を、狩れぇ‼」

その命令が下った瞬間、フウタは弾かれたように顔を上げた。

視界に飛び込んでくるのは、処刑台周辺を守っていた騎士たち。

「ぐぁ」

「ぎゃっ」

フウタの槍術《そうじゅつ》に容赦は無かった。兜《かぶと》と鎧の薄い隙間を、プリムの模倣である常山十字：流星一矢《いっし》が神速で貫く。絶命する二人を気にも留めず、その屍《しかばね》の背を蹴って視界全体を意識に叩《たた》き込む。前方、処刑台。大切な人の表情は――今は関係ない。

繋《つな》がれたロープ、張っている。あれが弛《ゆる》んだ瞬間、彼女の命はない。縄の行き先は右方向。移動式の処刑台、その右端に括《くく》りつけられた銛《もり》のようなものに縛り付けられている。

解《ほど》くのは時間がかかる。だが儀式用の斧《おの》が傍《そば》にある。騎士の数は一人。斧を取り上げる
かと思案。否定《いや》、手には鎗を持っている。あの騎士はこの状況でも儀式に則《のっと》って斧を振るうのか。

るうのか――それとも、そんな悠長なことをする必要はないと鎗を振るうのか。

駆ける一瞬で思考するも――フウタの頭は、ライラックのようには出来ていない。

どうする。視界に入っていた大切な人の表情が、困ったように変化して。

「やめて」と訴えたような気がした。

その、瞬間のことだった。耳に飛び込んでくる、強い〝意志〟の声色。

「迷うな！！！！！！！！！！！！」

叫ぶ声に、フウタは振り向かずとも背後で鎗を振るう少女の意志に気付いた。

迷うな。動け。立ち止まることだけはあってはならないと彼女の心が叫んでいる。己の
心に届いている。己の選択が果たして正しいのかどうかは分からない。けれど、その一瞬
でフウタは選んだ。自らが右手に握りしめていた鎗を、騎士の肘目掛けて投げつける。

――決して、誰かの投擲《とうてき》技術を模倣したわけではなかった。彼は狩猟に長《た》けた〈職業〉

でもなければ、精密射撃を得手とする〈職業〉でもない、ただの〈無職〉だ。それでも。

積み上げた鍛錬と、たった一度を間違えない意志だけで、男の肘の関節を貫いた。

「があああああああああ！！」

叫ぶ騎士を取り押さえるほどの時間は無い。

だが、たった一歩、彼女に近づくことが出来た。一瞬の時間稼ぎ。

「おのれ異端者が‼」

宗教に心の拠《よ》り所《どころ》を見出《みいだ》した人間は、強い。

人間は誰しも心の拠り所を支えに生きている。その拠り所が多く、そしてそれぞれに浅く支えて貰《もら》っている人間は心の病になりにくく、その反面爆発的な意志力を持たないが。

たった一つの拠り所を持つ人間は、こういう時にその為《ため》なら何だって出来る強さを持つ。

貫かれた腕を全く意に介さず、痛みのあまり手放してしまった鎗も気にせず、左手で斧を持ち上げると、勢いよく、ギロチンを支える縄を断ち切った。

「おおおおおおおおおああああああああああ！！」

フウタは、その一瞬で間に合うことに賭けたのだ。

一歩、二歩、三歩。間に合えと、叫んだのは、フウタだけではない。

「届け！」とプリムが。「ゆけ」とウィンドが。そして何より。

口に出さずとも、信じて見つめる王女の視線が、フウタの背中を押す。

——たとえば俺が、落とされる処刑の刃と打ち合ったとして。

ざしゅ、と。鈍い音とともに。彼女の頰に、赤く生温かい液体が降りかかった。

「——なん、で？」

ぽたり、ぽたり。無理やり顔を上げれば、涙のように彼女のこめかみから滴《したた》る血。

それが誰のものか、分からない彼女ではない。

「ごめん、汚しちゃったか……」

ふう、と大きく息を吐く——フウタは。鎗を投げた方とは反対の、左手で。

落ちてきたギロチンを、押さえ込んでいた。

「ば、ばかな⁉　四十ウェイトもあるんだぞ⁉」

驚愕《きょうがく》するガーランドの声は、フウタにも届いた。

四十ウェイト——なるほど、この勢いでコローナが降ってきたのと同じくらいの重さが、今片手に乗っているのか。そう、フウタは一人思考する。

左手がざっくりいかれなかったのは、指を下にして叩き込んだ掌底でギロチンの刃とレールを変形させたからだろう。鋭利であるが故に薄い部分だからこそ今も握り込んでいられる刃は、打ち合ったフウタの拳を受けてなお、気を抜けば落下は免《まぬが》れない。

その指先が薄い鉄板を陥没させていることは、他の誰にもまだ見えない。

「間に合って、良かった。なんとか……ああ。なんとか、間に合った」

震える左腕。筋肉が限界を超えたように痙攣《けいれん》している。

我ながら無茶をしたと思う。

ただ。

人間は誰しも心の拠り所を支えに生きている。その拠り所が多く、そしてそれぞれに浅く支えて貰っている人間は心の病になりにくく、その反面爆発的な意志力を持たないが。

たった一つの拠り所を持つ人間は、こういう時にその為なら何だって出来る強さを持つ。

それは決して、宗教に限った話ではない。たとえこの腕が二度と使えなくなったとしても。代えられない拠り所が、目の前に居るのだから。

「どうして……？」

彼女の瞳には、いつもの気力は無い。

フウタの手――血みどろの左手へと向けられていた視線には、憐憫《れんびん》と、罪悪感。

「痛いでしょ？　放してくれて、いいですよ？　重いだろうし。騎士の人たちに、めちゃくちゃ顔も覚えられちゃうし、良《い》いことないですよ」

「構うものかよ、そんなこと。――でもまあ、確かに重いや」

そう言って彼は右手も添えて、体勢も整えて、ギロチンを完全に押さえた。落ちてくる力がなくなれば、四十ウェイトくらい大したことはない。少なくとも、彼にとっては。

「これで問題ないな」

「……なんで、なんでこんな」

心底困ったように、眉は下がったまま。フウタも困ってしまった。彼女にこんな顔をさせるために、助けたわけではないのだから。

けれど、笑った。

だって、いつも自分がこんな顔をしている時、キミは笑ってくれていたから。

「前にも言っただろ。俺は、キミに生きていて欲しいんだって」

「フウタ様」

「しかし参ったな。このままじゃ、コローナの枷《かせ》、外せないな。早く来てくれねえかな、プリムとか」

「フウタ様。良いって。腕、めっちゃ震えててかっこつかないですから」

「そっか。やっぱダメだな俺は」

見下ろせば、木の板に首を通されたコローナが、不安げにフウタを見つめ返す。

その首は刃が落ちた時に邪魔にならないよう、髪が丁寧に左右へと分けられていた。

――そのうなじは確かに綺麗《きれい》なものではあったけれど。貫頭衣じみた布に、首元から覗《のぞ》く背中に、フウタは少し目を細めた。

打ち据えられたような跡、明らかな刃の切り傷。ほんの僅かだが、首元からだけでもはっきり見えた。きっと、彼女の背には――背どころか、全身……。

「〈魔女〉に生きてる価値なんてない。みんな言ってたっ」

「……」

「――自分でも、そうだなーって思うっ」

背に向けられた視線に気付いたのだろう。コローナは、とびきりの笑顔をフウタに見せた。あまりに儚《はかな》い笑みに、フウタの眉が自然と下がる。

「だから、忘れよ？　ほら、来てますよ、騎士の人たち」

「大丈夫だ。たとえ全員殺してでも――」

「フウタ様」

覚悟は決まっているのだと。そうでなくとも迫りくる騎士たちはプリムが全て押し留《とど》めてくれると信じていたから。そう告げようとした彼に、コローナはなおも言葉を挟む。

「貴方《あなた》にそこまでさせて生きたい理由なんて、ないよ」

「っ……」

にへら、と微笑《ほほえ》む。

悲しい顔、困った顔、嫌な顔をしたら、フウタも嫌な気分になるから。

せっかくこうして最後に会えたのだ。笑って死ねば、せめてフウタも気は楽になるかと。

そんな想《おも》いを込めた笑顔。

「どーせそんなに長生きしないいんですよ。自分がいっちゃんよーっく分かってる。何だったらメイドは、明日には死ぬかもしれないんです、実は」

それはある種の真実であった。寿命を削って扱う録術の使い手でもある彼女は、これまでに何度も躊躇《ちゅうちょ》なく魔導を行使してきた。最初にあった寿命がどれだけだったかなんて知らないし、今どれほど削れているかも分からないけれど。

それでも明日、ぱたりこっ、と死んでしまってもおかしくない。そんな自分の為に、こんなことをするだなんて、バカげてる。

だというのにフウタは、コローナの言った言葉を軽く受け止めた風でもなく。おそらく本当に長生きしないのだと信じたように眦《まなじり》を下げてなお。

「だとしても、俺は命を懸けて今日、キミを救う」

間髪容《い》れずの返答に、思わずコローナの顔にきゅっと緊張が走った。

人生で一度も経験がないから、これが何なのか分からない。どうやら異変は顔だけではないらしい。声がなんだかつっかえるし、なんだか少し視界がぼやけた気がするし。

だから、零《こぼ》れた言葉は普段の口の回りに比べてあまりにも乏しいそれ。

「どう、して……？」

何が貴方にそこまで言わせるんだろう。何が貴方にここまでさせるんだろう。

「言っただろ。俺は、キミに生きていて欲しい」

「分かんない。分かんないよ。生きてることに、何の意味があるの」

「生きる意味。——生きたい理由か」

目を細めて、フウタは先の彼女の言葉を思い返す。初めて出会った日からずっとしてきた自らをないがしろにするような言動は、きっとその全てが本心なのだろう。

だからこそ、彼女の胸の内に全てを求めることなんて出来なかった。

心の奥底に生きたいという思いが眠っている、なんてこともない。たとえば法国の騎士やフウタが、心の拠り所が少ない人間だとしたら、彼女にはそれが一つもないのだ。

フウタは、気の利《き》いた台詞《せりふ》なんて未《ま》だ一つも言えない。

なんて言えばコローナが手を取ってくれるかなんて分からない。

だから。今回のことは全て、フウタのわがままだ。

なら最後まで、フウタはわがままを貫き通す。

「――俺の言葉じゃ、ダメか？」

その問いかけは、あまり意味を含めていなかった。

コローナは、その何かを堪《こら》えるような顔のまま、小首を傾《かし》げる。

ここが分水嶺《ぶんすいれい》のような気がして、フウタは懸命に言葉を選んだ。

なんと言ったら、伝わるだろうか。

「キミに生きていて欲しい。俺にとって唯一無二のキミだから、生きていて欲しい。キミ以上に価値のある人なんて、この世に居ない」

フウタは考えるままに、言葉を紡《つむ》ぐ。

「俺はキミが死んだら死にたくなる。いや、たぶん死ぬ。うん、死ぬ。王女様に捧《ささ》げたこの命だけど、キミが居なかったらきっと俺は役に立たない生きた屍《しかばね》だ。そんな奴《やつ》を、王女様が必要とするとは思えない」

ああ、だからかと。真《ま》っ直《す》ぐその潤んだ翡翠《ひすい》の双眸《そうぼう》に告げる。

言葉にするうち氷解するように分かってくる、自分が抱く彼女への想い。

「そう、だな。どのみち、俺は死ぬんだ。俺が生きるためには、キミが必要なんだ」

フウタに、コローナが必要だから。

「……生きたい理由は、俺じゃ務まらないかな」

コローナは、何を言われているのか、分からなかった。

自分を見るなり、笑顔の人々が怯《おび》えたように目の色を変える。

生きていればいいことがあるなんて嘘《うそ》だった。

自分が居なければ――みんなずっと笑えるんじゃないか。

実際それは真実で。今日もきっと、自分の首が落ちるのを、みんなみんなが待っていた。

――そうじゃ、なかった。

「……なに、言ってるのか、ぜんぜん、まったく、ちっとも」

「あー、うん。自分で言ってて、整理がついた気がする」

「……え？」

なんだかだめだ。

そう思って顔を逸《そ》らした矢先、今度は耳が真っ直ぐフウタを向いてしまった。

何を言われるのか、分からなかった。

でも、なんか、言われちゃダメな言葉な気がする。ぐるぐると困惑に頭を持っていかれてしまったコローナに、しかしフウタは空気を読まない。

息を吸って、告げた。

「お願いだ。頼むよ」

紅《あか》く熱い雫《しずく》が滴《したた》る。

「生きる意味も、生きたい理由もないかもしれないけど」

生まれてきて初めて、心を溶かす言葉が耳に触れる。

「俺は、キミが居なくちゃダメだから」

だから、とその慈愛の瞳が少女を射抜く。

「俺のために、生きてくれ。そしたらきっといつか、俺がキミの生きたい理由になってみせるから」

——ああ。もう、なんもかんもむちゃくちゃだぁ。

くしゃくしゃになった顔を見せたくなくて。せめて俯《うつむ》いた彼女を、心配そうに見やるフウタ。けれどその首は確かに見て取れるくらいに小さく頷《うなず》いて。

緩く微笑んで、フウタは胸を撫《な》でおろした。

ほっとして、顔を上げた視線の先——フィールドを分けた壁の上にある客席に、諦めたように目を閉じた一人の青年の姿があった。投げつけられ、フウタの足元に突き刺さるグラディウス。フウタは右手でそれを拾って、彼女を縛《いまし》める枷を断ち切った。

「ふん。そんな状態でよく長話をするものだ」

「ありがとう。そんな状態でよく剣を投げてくれた」

「黙れ。──何から何までお前らの勝ちだ。もう、そのメイドの命があった方が僕として
も得だ。プリムのヤツが暴れてはいるが、全部この女の責任になるだろうさ」

「……ああ。まあ自業自得《じごうじとく》だな」

「お前、こいつには結構辛辣だな」

グラディウスを眺め、フウタはふと思う。この男は、彼女が録術を使うことを知ってい
ながら、最初から最後までたった一度も、彼女を〈魔女〉と呼んだことはなかったなと。

ゆるゆるとコローナが処刑台から外れたところで、フウタは重いギロチンを手放した。

勢いよく突き立った刃が、彼女の頸《くび》に落とされていたらと思うとぞっとする。

足元がおぼつかないのか、ふらふらと立ち上がるコローナ。

フウタは手の怪我《けが》も衆人環視も全てを気にすることなく、彼女を正面から抱きしめた。

「……ぁ」

「決めてたんだ。必ず、次は檻《おり》なんか隔てずにこうしようって」

ボロ布と、血濡《ちぬ》れた手。誰かを抱き留めるシチュエーションとしては最悪も良《い》いところ

だ。ライラック辺りならノーを突き付けるところであろうが、今は関係ない。

無事で良かった。胸の内に彼女が居る。その安心感だけで、フウタは満たされていた。

「……あ、の。フウタ様、手」

「ああ、これか」

処刑台から出るなり急に抱きしめたのだ、混乱するのも仕方ない。

フウタは申し訳なさを覚えつつ、そっとその温《ぬく》もりを遠ざける。

正面に移した彼女の顔は、いつも通りとはいかないようで。

呂律《ろれつ》の回らない口を懸命に動かして、本当に困惑したように告げる。

「どうしよう。フウタ様。その手、治せるけど――」

そうだ。録術を使えばすぐにこの手は治せる。フウタが望むなら、自分だって彼の怪我を見ていたくないから。――普段であれば、聞きもせずに勝手にやっているだろうそれ。

「ああ、この手か？　そのままにしておいてくれ」

「えっ？」

録術が寿命を使うことは、フウタは知らないはずだった。だというのに、やけにあっけらかんとそう言って、血濡れた左手を軽く振る。痛そうだというのに、どうして。

その答えを、コローナが知ることは、今は無い。

右手にも、ある夜にナイフを握りしめた傷跡が残っている。

左手にも、きっと消えぬ傷が残ることだろう。

無敗記録を築く男が唯一残した両手の傷。右手はライラック、左手はコローナ。

「俺にとっては、勲章なんだ」

そう、フウタは屈託のない笑みを見せた。その笑顔を、コローナは呆然《ぼうぜん》と見つめていた。

――いつかを想い出した。

同じように処刑されそうになって、拾われて。その時、とりあえず生きてみろと差し伸べられた手に引っ張られて、今の彼女はここに居る。

生きたい理由も死にたい理由もない〝時の魔女〟は、ただ漫然と刹那の楽しみを享受して生きてきて、きっと今、初めて悟ったのだ。

あはは、そっか。

貴女《あなた》は、最初から知ってたんだね。

わたしは。

――生きたい理由が、欲しかったんだ。

エピローグ1　王女様のお片付け

ガーランドは言葉を失っていた。

法国神龍騎士団は精鋭だ。だというのにこの数が物を言う広いフィールドでたった三人の武人を相手に、重鎧《じゅうがい》を身に着けていながら〈魔女〉の奪還を許してしまった。

挙句、事態の収拾に駆り出された王国の兵士たちは狼藉者《ろうぜき》を捕らえるでもなく、騎士団員たちの快復に努める始末。おかげで暴れに暴れ倒したオルバ商会の闘剣士や護衛、そして何故《なぜ》か動いた財務卿《きょう》の懐《ふところがたな》刀に関しては、兵士たちは構うこともなく放置である。

とはいえだ。〈魔女〉を断頭台から取り外した彼らの動きは緩慢だった。

ガーランド自ら動けば、今からでも咎《とが》めることは出来る。

「よ、かった……良かった……」

だが、その一歩を踏み出した時だった。へなへなと、その場にくずおれた少女が一人。

慌てて抱きかかえる国王と、自重を支えることすらままならない王女の姿は、この場の騒ぎが落ち着いたこともあって注目を浴びていた。それはそうだ、もしもこの乱痴気騒ぎに裁定者が居るとしたら、それはガーランドではなくこの国の王族なのだから。

「ライラック。大丈夫か?」

「ありがとうございます、お父様。……はい、わたしは、大丈夫です」

力なく微笑《ほほえ》んで、彼女は同時に周囲を見渡した。その瞳は既にフウタもコローナも、処刑台すら視界に入れていない。見定めるべきは、観衆。彼らの注意が自らに向いていることを察した彼女は、ゆるゆると立ち上がり——そして言い放つ。

「オルバ商会の皆さんに、勇気を貰《もら》いましたから」

ぐ、と自らの胸を握りしめるようにして、ライラックは国王を見据えた。確かに先ほどは国王の言うことを聞いて、辛《つら》いながらも国の為《ため》に堪《こら》えたのだと。だが、ことが既に台無しになった以上、今から告げることは決して、国王の名誉を踏みにじるものではない。

無論、神龍騎士団長のメンツを潰すことにもならない。

だってそれは、先にオルバ商会がやってしまったのだから。

「本来わたしは、オルバ商会を咎める立場なのかもしれません。ですがそれは法国の文化を誇りに思うガーランド閣下が行うこと。ですからわたしは、素直な想《おも》いを口にしたい」

さらりと全ての責任をオルバ商会になすりつけ、法国と王国の亀裂を最小限に留《とど》めつつ。

ライラックは、その透き通るような声を、静まり返った演舞場に響かせる。

「——あれは、わたしのメイドです」

安堵《あんど》と、義憤と、悲嘆。そんな感情がないまぜになったような表情で、王女は言葉を紡いだ。毅然《きぜん》とした態度でガーランドに向き合う彼女は、麗《うるわ》しき姫の輪郭を残したまま、そっと目元を拭って声を上げる。

「確かにわたしは、法国の皆さんに王国の文化をお伝えしたいと願い、この催しを提案いたしました。――それは、ひとえに互いの国の未来を思えばこそ。なのに、なのに貴方《あなた》は、どうしてわたしのメイドを衆人環視の中で処刑するなどと！」

叫ぶ王女に集まる同情。あの様子では彼女は、魔女狩りの儀式とやらを何も知らなかった。そして、たかが一人のメイドの安否にあれほど心を痛めている。

こんなことでは、法国の文化を伝えるも何もあったものではない。ガーランドは一瞬言葉に詰まりながらも、何を今更と表情をこわばらせる。

「最初にお話しした通りです。御前試合が王国の文化ならば、魔女狩りは法国の文化。法国の信ずる教えに従い、災厄をもたらすと謳《うた》われる〈魔女〉は生かしておくわけにはいかない。これは譲れない一線です」

「譲れない、一線……？」

「ええ。文化を知って貰いたい、毛嫌いされては悲しい。これらは貴女が先に仰《おっしゃ》ったことです、王女殿下」

「そんな――お父様！　わたしは、法国がわたしのメイドを殺すことを是とする国だなんて、知りませんでした！」

その言葉に矛盾はない。彼女はいつか、法国の文化に疎《うと》いと告げていた。

急に水を向けられた国王は、しかし首を振る。

「互いの国の文化を受け入れることで、同盟はより強固なものとなる――ライラック、お前にも分かるだろう。どうして、そんな」

「どうしてですって……!?」

目を見開いたライラックに、国王は一瞬たじろいだ。聞き分けの良い娘だったのだ。いつも微笑みを絶やさず、優しく聡明《そうめい》で。自分が正しい政治をしている間は、決して背くことはないだろうと安心して、この王城で過ごさせてきた。

――それが、まさか。メイド一人でここまで取り乱すなどと。

心優しく育てたが故に、情に厚くなったのか。それでも、国王の意向が分からない娘ではないだろうに。そんな困惑に、畳みかけるようにライラックは叫ぶ。

「〈職業〉が〈魔女〉だから殺す――それはお父様がわたしにしてくれた優しい行いと真逆のことではありませんか！」

ガーランドは、拙《まず》いと察し口を挟もうとする。

だが、ライラックはそれを許さない。

「〈職業〉で全てを判断する国と、文化を共にするなどと！　でしたらお父様、わたしは貴方を殺すような人間に育つと、そうおっしゃるのですか⁉」

「そ、れは」

「彼女を殺すということは、わたしのことも疑うということではありませんか……！」

目に浮かぶ涙を拭い、声を嗄《か》らして訴える愛娘《まなむすめ》。国王はそこで気づいてしまう。

これはメイド一人の問題ではなく、これはライラックに関わる話だったのだと。

──得てして。人間は、自分の尺度でしかものを測ることは出来ない。

国王である自分が、メイドを〝たかがメイド〟と判断しているのだから、ライラックにとってもそれは同じだと思っていた。だから先ほどまで、ライラックがどうしてここまで、胸を痛めながらも公の場で自分を糾《ただ》しているのか分からなかった。

しかしここで納得してしまう。ライラックの怒りは、これなら理解できる、と。

国王を黙らせるや否《いな》や、今度はもう一度ガーランドに振り向くライラック。

「わたしは国を乱す〈奸雄《かんゆう》〉なのでしょうか！　これでも、国を想い、民を想い、お父様の治世の為にと努力を続けてきました！　〈神官〉様の瞳には、わたしの人生とは無関係に、〈奸雄〉は〈奸雄〉と映るのですか⁉」

ガーランドは、思わず「そうだ」と言ってしまいたかった。今この行いが法国と王国の和を乱す〈奸雄〉の如《ごと》き行為であると。現に、彼の目論見《もくろみ》は既に無茶苦茶だ。

狙いを定めた相手は結局何もせず、無関係な商会が暴れた挙句気づけば糾弾される側だ。行き場のない怒りのままに、〈奸雄〉を〈奸雄〉として吊《つ》るし上《あ》げてやりたい。その気持ちが無いと言えば嘘《うそ》になる。

だが――腐ってもガーランドは法国の神龍騎士団長。国のトップと言っても過言ではない立場の人間だ。吐いた言葉はそのまま法国の総意になると言っていい。

そんな状態で迂闊《うかつ》なことを言えるはずもない。何より、今この場で彼女を〈奸雄〉と断定してしまったら、それこそ王国との亀裂は決定的なものとなる。オルバ商会に勝手に引《ひ》っ掻《か》き回《まわ》された状況から一転、自らの手で法国と王国の関係にひびを入れることとなる。

それにこの女、たまたまかわざとかは分からないが敢《あ》えてここで〈神官〉と口にした。

彼の〈職業〉に対する鑑定は、それそのものが保証となる。死体にでもならない限り、その人間の〈職業〉については全てを把握すると言っていいガーランドの〈神官〉としての実力は、発言力としてもかなりのものだ。

〈奸雄〉は治世で能臣《のうしん》となるという、最高位の〈神官〉の保証か。

それとも、法国と王国が袂《たもと》を分かつという宣言か。

その二者択一を、この一瞬で迫ってきた。出来れば、黙ってしまいたい。別の話にすり替えてやりたい。だがその選択は、ガーランドには出来ない。

——そうして黙ってしまえば、あとは王女の独り舞台だ。

ガーランドが黙ったことを確認するや、ライラックは今度は観衆に振り返った。

「わたしの言っていることは、間違っていますか⁉」

国王ないし、好戦派たる軍閥派は、ここで異を唱えなければならなかった。

だが言えるだろうか。国王も、神龍騎士団長も言葉に窮したこの場所で。

それも、明らかに空気が王女への同情へ傾いているこの演舞場で、果たして王女に野次の如き否定が飛ばせるだろうか。殆《ほとん》どの観衆は王女に心を寄せ、国王よりも王女が声を大にして主張している現状を認めてしまっている——。

色んな意味で間違ってねぇんだよなぁ、と財務卿だけが白けていた。

もはや、完全に好戦派の意気は消沈してしまっていた。

「権力って、脆《もろ》いものね」

自らのことか、国王を眺めてのことか。赤髪の少女は、どこか達観したように呟《つぶや》いた。

「——わたしは今日、とても楽しかった」

気付けば話題は転換されていた。しかし流れるような演説に観衆は耳を傾け続ける。

ガーランドと国王でさえ、何をと思っても声はかけられない。悲痛そうな王女の訴え。

その想いを妨害することは即《すなわ》ち、今までの同情、観衆の心を敵に回すことになるからだ。

「わたしなりに趣向を凝らし、法国の方々にも、そしてご観覧の皆さんにも楽しんでいただけるよう努力したつもりです」

御前試合の為に用意した、新たな会場。闘剣士の衣装。無礼講と化した歓声の数々。

処刑で冷めきってしまった空気を、ゆっくりと手繰り引き戻すように、あの御前試合を想起させるライラックの語り口。

「皆さんにとって、今日の御前試合はいかがだったでしょうか」

そう、一拍置いた。

国王は、文化と称して法国を招きながら、伝統とは全く異なる御前試合を執り行ったライラックに思うところはあった。けれどそれも、皆を楽しませようという純粋な心の発露と言われてしまえば、今は何も言えない。国の首魁《しゅかい》たる国王が何も言わないのであれば、貴族や王都議員たる彼らは自らの想いを素直に胸に抱くことが出来る。

ただ純粋に楽しんだ、数刻前の思い出を再生すれば。

王女と同じく、楽しかったという感情がふわりと起こる。

「陛下や、将軍の想いは分かります。王国経済は今、寒季《ふゆ》の凍えた赤子のようだと。ですから、隣国の資源を手に入れることで活力をもたらしたい。――その想いに共感したからこそ、法国との同盟を歓迎しておりました」

そっと胸に手を置いて、彼女は謡《うた》うようにその声を染《し》み渡《わた》らせる。

「わたしの大切に思っていた客人は、コロッセオの闘剣士でした。コロッセオって、どんな所だろう。わたし、凄《すご》く興味があって、寝物語に聞かせていただいて――きっと今日は、その影響が色濃く出たのだと思います。そしてそれは――とても楽しい催しでした」

もしも。

「戦争と言わずとも、経済を上向かせる手段があるとしたら。そう思って実は、財務卿《きょう》とお話をしておりました」

いかがでしょうか、と。ぐるりと周囲を見渡して彼女は告げる。

「皆さんが肌で感じたこの闘剣――この王都の新たな経済になりませんでしょうか」

ざわ、と観衆がどよめいた。

「ははっ」

少女を抱き留めていた青年は、思わず笑った。

『闘剣士のチャンピオンになってみたい。貴方の見た景色を、いつか見てみたい。フウタでも出来たのですから、わたしが夢見ても良いでしょう?』

彼女は本当に、実現する気だったのだと。

国王は言葉を挟む隙を見失った。観衆を味方に付けてしまったライラックに、最早《もはや》どんな言葉も届かない。完全に国王よりも王女が人心を掌握した。

『まずは、職業〈貴族〉を平民と同列にし、国王を引きずり下ろす』

王女の目論見は、この演舞場で花開く。

「——何だ。何が起こった。戦の選択肢が、消された？」

ガーランドの呟き、もとい彼の挙動など既に誰も見ていない。

法国との同盟など、観衆の頭から完全に消え去った。肌に感じた〝楽しい〟感覚がビジネスに活《い》きる機会を希望に変え、観衆の関心は最早完全に持っていかれた。

戦争になどさせない。いつか自らの食客に宣言したのは、自らの手でその選択を潰す自信があってこそ。あの日から既に、法国との同盟ごと力ずくで打ち砕く気でいたのだ。

「リヒター様！　いつの間にそんな素晴らしい案を！」

「なるほど、最近は羽振りが良《い》いと思ったら！」

「我々にも何か、お力添え出来ることがあればと！」

「——そうか、なら今、是非とも王女殿下に応援の言葉を投げて欲しい」

煩わしそうに渋面を浮かべ、リヒターは既に今後の事業に思考を巡らせている。

「ら、ライラック……」

その名も国営事業コロッセオ。それこそが、ライラックが持ち掛けてきた企画の正体。

ふん、とリヒターは鼻を鳴らした。こぞってリヒターを賞賛しながら、王女に向けて手のひらを返すような応援を送る彼ら貴族の姿を眺めて思う。

結果だけを見れば確かに、王女と手を組んだ財務卿は立場を取り戻し——代わりにこの事業をまるまる背負うことになってしまった。

その、隣。頬杖《ほおづえ》をついて、ベアトリクスはつまらなそうに呟く。

「……御前試合での勝利は、無意味ね。法国との同盟は決裂。矢面に立たされるのはオルバ商会。となれば、最も商会が損をしない選択は——ちっ」

目を閉じて、ベアトリクスはこれからの未来図を展開していく。この観衆の熱狂など最早知ったことではない。いつの間にか財務卿に鞍替《くらが》えしていたライラックに対する憎悪《ぞうお》はあれど、憎しみで経済が動くわけではないのだ。所詮ベアトリクスは、ライラックにとっては血を分けただけの赤の他人。彼女自身もそれは分かっていたはずだった。

だが、なるほど。ここまでするか。

「——あたしの首じゃん。一番安く済むのって」

会長の任を降りる、などという甘い話ではない。

そんなものは当たり前だ。法国の名誉を傷つけたのは、オルバ商会ではなく会長のベアトリクスであるということにして、責任の所在を自分自身に押し付ける。つまり、けじめとして、会長の首を塩漬けにして送るくらいのことは、やってのける必要があった。

それが、自分を育ててくれたオルバ商会に対する、〈経営者〉としての冷静な判断。

損害は大きい。とはいえ、自らがオルバ商会にもたらした利益と比べれば、吹けば飛ぶようなもの。会長を挿《す》げ替《か》えて、オルバ商会の権力だけは、文字通り死んでも維持する。

そこまで考えて、ベアトリクスは息を吐いた。

「かといって、大人しく死んでやるとは、あんたも思ってないわよね」

観衆の声援に涙で応えるパフォーマンス中の姉を眺め、ベアトリクスは嗤《わら》う。

「——あたしと見た目の似た死体を用意しなさい。手段は問わないわ」

控えていた商会の人間にそう言って、ベアトリクスは一人、この会場をあとにする。

その背は、酷《ひど》く小さなものだった。

——その数日後。王都議会で隣国遠征の否決と、王都コロッセオ設立案が可決された。

誰も居なくなった議会で、王女は呟く。

「さて、次」

エピローグ2　おかえりは、いつもの場所で

——御前試合から、数日後。

優しく降り注ぐ陽気に照らされ、正午は過ごしやすく穏やかな気候。植物園の緑はご機嫌に揺れて、職人の粋によって混ざり合った花の香りは人の心を安らがせる。

そんな、王城の庭園で。少女は紅茶を傾けて、正面に腰かける青年に問いかけた。

「左腕の経過はいかがですか？」

「すみません、もう少し安静にと〈癒師〉の厳命が」

「です、か。フウタの体が第一です。王家のお抱えがそう言うのであれば、そのように」

申し訳なさそうに眉を下げるフウタの左腕は、添え木と包帯による治療の真っ最中だ。

それはそうだ。如何《いか》にフウタが鍛錬を重ねた武人とはいえ、ギロチンと正面からぶつかり合って何ともない、などというびっくり人間ではない。

とはいえ、適切な治療を受ければ後遺症が残ることもないとのことで。

ほっと胸を撫《な》でおろしたのは、この場に集った全員である。

「……ぅー」

「あ、あの……王女様」

「さて、フウタ。せっかくこうして改めてフウタの手料理を楽しめるというのですから、冷めないうちにいただきましょうか」

「え、あ、はい」

何かを言いかけたフウタをよそに、少女——ライラックは微笑《ほほえ》んだ。その優し気で柔らかい表情筋とは裏腹に、目は全く笑っていない。テーブルの上には三人分の食事。いつかフウタが振舞ったシチューを改良し、シチューをソースに変えてパスタと和《あ》えた代物だ。

並んだカトラリーは少ないながら、ライラックにとっては悪くない食事だ。贅《ぜい》を凝らし、多くのカトラリーを並べて食べる冷めたものよりも、こちらの方が好ましい。

であればこそ、ライラックが自らセラーに赴いて持ってきた葡萄酒《ぶどうしゅ》を開け、厨房《ちゅうぼう》ではライラック自身が少しばかりフウタの手伝いをしたのだ。

せいぜいがディッシュプレートの用意とカトラリーのセレクションくらいのものだったが、それだけやれば後はフウタが全部出来る。——もう一人、何もさせて貰《もら》えず右往左往していた少女が居たことは、今は考慮しないものとする。

「——あの、王女様」

「何ですか？」

グラスにライラックお気に入りの葡萄酒を注《そそ》ぎながら、フウタは何とも言えない苦笑いのような表情で彼女に視線を向けた。蒼《あお》の瞳は全く笑っておらず、並み居る貴族も裸足《はだし》で逃げ出すような彼女の雰囲気。それでもフウタにとっては親愛なる王女殿下のお怒りだ。

甘んじて彼女の感情を受け入れながらも、そろそろ潮時であろうと口を挟む。

「もう、許してあげてください」

そう言って、フウタはテーブルから自らの隣へと目を向けた。

椅子に座ることも許されず、ぷるぷる涙目のメイドがそこに立たされていた。首から提げた看板を持たされたまま、今日はずっと話すことすら許されていなかったのだ。

【わたしはフウタ様に黙ってメイドをやめた挙句、金の亡者《もうじゃ》に捕まって皆さんに大変な迷惑をかけました】

「はて」

小首を傾《かし》げたライラックが、そっと唇を撫でる。

そしてフウタを真《ま》っ直《す》ぐ見て——つまるところ彼女には全く目を向けず、問いかけた。

「わたしが許すだとか、許さないだとか、そのような判断を下さねばならないことが何かあったのですか?」

「わーお……」

これは、ダメだ。フウタは察した。

耐えきれずに必死にアピールする彼女を視界に入れることなく、ライラックはそっぽを向く。その先にあった果樹園を眺めながら、

「ああ、もうメイドの鳴く季節ですか」

「そ、そんな季節ないもんっ！」

「おや、口を開くことが許されていたとは知りませんでした」

「ひ、姫様だうとぉ……！　許す許さないは姫様関係ないって言った癖に！」

「ええ、関係がありませんね。何せ──わたしはおまけのようですので」

「あっ」

「……ぅー」

そっと、食前のお茶に口を付けるライラック。

こともなげに言い放たれた一言に少女は押し黙り、フウタは小さく息を吐いた。

なるほど。この人、あの日の遺書を根に持っている。

『あー、あー。チェックチェックっ。うん、反応してますねっ！　それじゃー全国のフウタ様っ、あとおまけで王女様っ。ちょっとメイドの最後のお話、聞いてってー？』

フウタは、ちらりと看板を持った少女を見上げた。目を合わせた彼女は、ぺろりんっ、と舌を出した。やっちった、とありありと顔に書いてある。

「ということは王女様。ひょっとして許す許さないは俺の裁定ってことですか？」

「許すのですか？　徹夜で王都を駈《か》けずり回り、ベアトリクスに罵られ、自己満足な遺書じみたものを聞かされて、要らぬ試合に駆り出された挙句、左腕を怪我《けが》するような事態になったにも拘《かかわ》らず、『そこまでしなくても』とかなんとか言っていたようですが」

「あの、王女様――そこまでにしてあげてください」

　これにはフウタも苦笑いだ。澄ました表情のまま淡々と垂れ流されるフウタのここ最近のイベント。口を挟むことも出来ず、彼女はぷるぷる震えるしかなかった。いつものように絶やさぬ笑顔のまま、真っ赤になった頬と潤んだ瞳だけが彼女の感情を訴えている。

「それでも許すというのなら、好きにすれば宜《よろ》しい」

「許しますよ」

「……そうですか」

　片眉を上げて、ライラックはカップをソーサーへと戻した。

「どうせ貴方《あなた》は自分の苦労も、怪我の容態も、伝えてはいなかったのでしょう。このくらい言ってやらねば、自らの失態の大きさに気が付けないというものです」

「……そのためにわざわざ一《いち》から言ったんですか」

「さあ。腹に据えかねたのかもしれません。フウタ、貴方の行いにもです」

つん、と取り付く島もないほどに彼女の感情は凝り固まってしまっているらしい。

とはいえ自分が許せば彼女の人としての尊厳が守られるというのなら、フウタの取る選択肢は一つしかなかった。良かったな、ともう一度彼女を見上げて――

「ごべんなざい～……」

「うお⁉」

だうー、と滂沱《ぼうだ》の涙を流す彼女に、流石《さすが》のフウタも驚いた。

「あーあー、もう、洟《はな》も垂らして。ほら、ハンカチ」

「うー……」

慌てて立ち上がり、ぐすぐすとぐずる彼女の顔にハンカチを添える。

やれやれと吐《つ》いた溜《た》め息《いき》が何故《なぜ》だかとても幸せなものに思えた。目元を拭ってやる彼女の背丈はいつも通りフウタの胸くらいまでしかない。見下ろすように彼女を見れば、綺麗《きれい》に整えられた金糸の髪と、ちょこんと載せられたホワイトブリム。くるくると巻かれた二房はいつも通り可愛《かわい》らしくて、纏《まと》う服装も一番よく目にしてきたクラシカルなメイド服。

――それだけで、フウタにとっては十分だった。本当によかった、と眦《まなじり》を下げる。

「でも俺だけじゃないからな。王女様もあれを聞いてから凄《すご》い頑張ってくれて」

「頑張ってなどいません」

何度も泣かせるよりは、一度に話してしまった方が良《い》いだろう。そう思ってライラックのしてくれたことも話そうとしたフウタだったが、思わぬインターセプトに振り向く。

「王女様？」

「わたしは最初から最後まで、如何にうまく国王の影響力を落とすか――そして新たな経済基盤のきっかけを作るために動いていたにすぎません。ええ、ですから」

ここで初めてライラックは彼女に目を向けた。不敵な笑み、とでも言えばいいのだろうか。珍しく、してやったりとでも言いたげな表情で。

「貴女《あなた》は、所詮おまけです」

思わず眉尻を下げるフウタ。そして――小さく吹き出す、彼女。

「……何がおかしいのですか」

「ふふ、あはは。おかしいですよっ。おかしくて仕方ないってやつですよっ。おなかごろごろ言ってますよ！」

「それはただの下痢では」

目元を拭って、彼女は笑った。

「姫様が、こっち見た」

「えっ」

「三年間、ずーっとそっぽ向いてた人がこっち見たもん。そりゃ笑いますよっ」

「はい？」

ぴくりと、ライラックの眉が動く。

けれど確かに、ただの一度も、ライラック・M・ファンギーニは。

たとえおまけであったとしても、利用する以外の目的で——。

「わたしのために、何かしてくれたの。初めてじゃん？」

その一言に、ライラックは困ったように眉を下げて。

「……くだらない感傷です。フウタ、いい加減にお腹《なか》がすきました」

「はいはい、そうですね。みんなで食べましょう」

「なんですかその薄気味悪い笑顔は」

「すみません、嬉《うれ》しくて」

「何がですか。わたしはこのおまけにまだ利用価値があると判断したにすぎませんが」

「いや、もちろんです、はい」

「フウタ。言いたいことがあるならはっきり言ったらどうですか」

にこにこと、否《いな》、にやにやと。見ていると自然に心を逆撫《さかな》でされるようなそんな表情。

とはいえ、ライラックにそう言われたからにはフウタは正直に口にする。

「俺はずっと、王女様と――コローナに、仲良くしてほしかったからさ」

一瞬固まるライラック。笑顔のまま、ぱちくりぱちくりと目を瞬《しばた》かせる――コローナ。

「だから、おかえり。コローナ」

正面から、そうフウタに優しい笑みを向けられて。

少し言葉に詰まった彼女は、ライラックとフウタを順番に見つめた。

――ライラックが、自分の為《ため》に何かをしてくれた。

それ自体が初めてで笑ってしまったけれど、彼女は遅れて気が付いた。

おかえりと言われて。自分が帰ってくる為に、二人が頑張ってくれたことが。

「嬉しい――なぁ」

その感情を、知った。

「てひひ。ありがと……ただいまっ」

フウタが笑う。ライラックが嘆息する。――帰って、来られた。

「メ、メイド、おなかすいたー！」

「分かった分かった」

「この無駄な時間は貴女のせいでは？」

「姫様ったら辛辣だぞっ？」

ぺろりんっ。いそいそとフウタの隣に腰かけて、すっかり冷めてしまったパスタに、それぞれのカトラリーが動き出す。

「んー！　フウタ様フウタ様フウタ様っ」

「はいはいどしたの」

「今までで一番美味《おい》しい！」

「冷めてるのに？」

「冷めてるのにっ！」

満面の笑みで、コローナは言う。

そんな彼女に、呆《あき》れたような表情でライラックは問うた。

「しょっぱいのに？」

「しょっぱいのにっ！」

「……です、か」

仕方ないですね、と敢《あ》えて彼女を視界から外して、ライラックは呟《つぶや》く。

フウタも、出しかけたハンカチをそっとしまった。美味しそうに食べる彼女の笑顔は、たとえ録術などなくたって、ずっと覚えていることだろう。

「フウタ様フウタ様フウタ様っ！」

「はいはいどしたの」

「メイドの箱、持ってる？」

「ああ、あるよ」

コローナからもらった、底抜けに明るいオルゴール。

フウタが懐《ふところ》から取り出すと、にへらと彼女は笑って言った。

「なんか、むしょーに、開きたい気分！」

よく分からないけれど。開きたい気分だというのなら、それを否定する理由はフウタにはない。そっと手渡すと、彼女は心底嬉しそうに小箱を開く。

「せいっ《Say》！」

開いた瞬間、流れるメロディーに合わせてコローナは叫んだ。

「るーんぱっぱー、うんぱっぱー！」

「あ、それってこのオルゴールの歌詞だったの⁉」

「たとえば俺が、落とされる処刑の刃と打ち合ったとして。」

おしまい。

たとえば、理屈《りくつ》や状況《じょうきょう》の上ではどうしようもないことがあったとして。それを撥《は》ねのけてでもどうにかしたいと、「嫌《いや》だ」と叫《さけ》んで自ら動くことは、決して悪ではないのだと。感情が否定されがちなのは、その感情に行動と——賛同してくれる味方がいないからではないかと思う、今日この頃《ごろ》です。

藍藤《あいふじ》は今日も元気です。冒頭《ぼうとう》は今回の主題。理性より感情が正しい事もあるという話。『たとえば俺が、チャンピオンから王女のヒモにジョブチェンジしたとして。』第二巻をお届けいたしました。お楽しみいただけたのなら、それ以上の幸いはありません。明確に動き出す王都と共に、目の前の少女との変化をお送りした今回ですが、こちらもまた必要な前準備でした。

コローナという女の子は、ライラックとはまた違《ちが》った意味で欠けているものがあって。そういう子だからこそ、フウタの物語に於《お》いて主役を張ることにもなるわけです。これで物語はようやく個人から闘剣《とうけん》の世界へと駒《こま》を進めていきますので、どうか引き続きお楽しみに。次回からまた熱い展開をお見せいたしますので——改めて。

前回は出来なかった話をしようと思います。

名付けて、イラストレーター絶賛キャンペーン——！

いやふざけてるわけじゃないんですよ。お世辞とかじゃなく凄《すご》くない？　文句なしのデザイン力は勿論《もちろん》のこと、キャラクターの表情の細かさ一つ一つに、表紙の美しさや、何よりモノクロ。今回のコロナの構図などの発想力も感嘆《かんたん》するのですが、特にシンプルに絵が上手《うま》い。——いや、モノクロってこんなに綺麗《きれい》なものでしたっけ？　ちょっと困惑《こんわく》するレベルの技量を十全に振《ふ》るっていただいて……この作品は本当に幸せです、はい。個人的には表情もさることながら、髪《かみ》の描《か》き込みが細やかで美しいこともまた、イラストの良さに拍車《はくしゃ》をかける大きな要因だと思っています。結局何が言いたいかと言えば、あとがき一回じゃとてもじゃないけど語り切れないという話です。

それでは皆《みな》さん、詳《くわ》しい話は、三巻にて出来ると——出来るかなあ（尺的に）。

二〇二〇年　九月吉日《きちじつ》　馴染《なじ》みの喫茶《きっさ》が、久々の営業を始めた祝いの夜に　藍藤唯《ゆう》　拝《はい》

実は今回は、本編がもう少しだけ続きます。どうぞ、次のページからお楽しみくださいませ。せっかくなので、お菓子《かし》や紅茶とご一緒《いっしょ》に。

ボーナストラック

明るく楽しいオルゴールの流れる昼下がり。食後の紅茶を淹《い》れるのは、勿論《もちろん》一番上手《うま》い人間だ。そうでない二人が、彼女の手捌《てさば》きを眺めながら言葉を交わす。

歓談していたフウタとライラックの間に、そっと二つティーカップが差し出される。

「おちゃー」

まだ目元が少し赤いメイドさんは、楽し気に香り立つ紅茶を注《そそ》いでいく。

「もう少し出し方があるでしょう」

「えー、メイドったら一生懸命、二人の邪魔しないよーに作ってたのにー！　草の汁ー」

「敢えて不味《まず》そうに表現するなよ」

「ぺろりんっ」

テーブルの周りをうろちょろするメイドが出した紅茶は、薄くなく濃くなく完璧な塩梅《あんばい》。

茶葉が立たせる芳醇《ほうじゅん》な香りと雑味の無い柔らかな甘さはそこらの侍従には出せない手腕。

なのに、どうして草の汁。

「味に関しては、文句はないのですが」

「ライラック様が文句無しって、最大限の評価ですよね」

「そうでなければこんな存在、わたしが許すはずがないではありませんか」

「こんなそんざいっ！」

見て見て、とばかりに両手で自らを指さすこんな存在は、特に今の悪口とは思っていないらしい。いつか彼女を初めて紹介された時は、『ちょっぴり癖の強い子だけど、一番信頼してるメイド』だと言っていたのに。

——とはいえあの頃は、ライラックがフウタに向ける笑顔も〝偽物《にせもの》〟も良いところであったことを考えると、こちらの方が素が出ているとも言えるのだが。

「……ふぅ」

ライラックはティーカップをそっと口に持っていくと、ひと口飲んで溜め息を吐《つ》いた。

目元以外はいつも通りのにこにこ笑顔で、ライラックの顔を覗《のぞ》き込むコローナ。

彼女を一瞥《いちべつ》したライラックは、面倒臭そうにカップをソーサーに戻すと、告げる。

「腹立たしいことこの上無い」

「やったぜっ」

いえい、とピースサインを向けてくるコローナに、フウタは納得したように頷《うなず》いた。

「なるほど。やっぱりコローナが淹れるお茶が一番美味しいんですね……」

「この〈魔女〉、なにか危ないものでも混入させているのでは？」

「ひどいっ」

ぺろりんっ、とウィンクして舌を出すいつものポーズ。

ただ——何というか。先ほどは納得したものの、少々の違和感をフウタは覚えた。

幾ら何でも、以前のライラックはここまでコローナに辛辣だったろうか。

コローナが全く気にしていないようだから、フウタがわざわざ何かを告げる必要はないにせよ。どうせこの疑問が顔に出たならば、ライラックが黙っていることはないだろう。

「どうかしましたか、フウタ」

「ライラック様、かなりコローナに辛辣だなあと……」

「……そう、ですか？」

「あ、自覚無かったんですか」

「………ふむ」

確かに、先ほどフウタがコローナを許したばかりだ。口ではおまけ呼ばわりしていたものの、コローナの為に感情を露《あら》わにしたライラックのことを、フウタはよく覚えている。

ライラックを低く見積もり、自分を助ける必要はないと切り捨てたコローナに対しての痛烈な『恥じて死ね』は、鮮明に思い出せる記憶だ。

だからこそ先《さつき》の『おまけ』のやり取りにも、思うことが一つ。多分この人はまだ、この一件でのコローナのこと、許せてないんじゃないかなあ、と。

ゆったりと紅茶を傾ける彼女の所作は優雅なもので、いつも通りの雰囲気を崩さずにはいるけれど。もとよりライラック・M・ファンギーニという少女は、これまでどこにも味方が居なかったという人間だ。フウタが知るところではないが、彼女は人生の内で自らの感情を意図的に排して生きてきたと言ってもいい。

利用する、されるの関係であれば、自分が相手に抱く感情など、〝どうでもよろしい〟。

それよりも効率的に物事を進め、生存戦略を打ち立てることが最優先。

であればこそ。

『貴女《あなた》に親愛を』

『でもさ。姫様――拾ってくれて、ありがと』

要はライラックという少女は、利害の関係以外に慣れていないのである。

「コローナ」

「はいはいこちらお騒がせお掃除メイドコローナちゃん。お茶に指でも入ってたかー？」

「ちょいちょい指入っててもおかしくないかも、みたいな発言するのやめろよ……。じゃなくて、そうだな。ライラック様は、コローナをおまけだって言ってたけどさ」

ちらりとライラックを見れば、何を話すつもりなのかと半眼をフウタに送っていた。

辛《つら》いだけで済む。

とはいえフウタの目的はただ一つ。その為なら多少彼女から嫌われたとしても、自分が

「本当は、凄《すご》い頑張ってくれたんだよ」

「フウタ」

「コローナの小箱聞いた時もコローナの為にめっちゃ怒って」

「フウタ！」

「コローナを必ず助けるって約束してくれたんだ」

「——貴方《あなた》、ちょっといい加減に」

立ち上がりかけるライラックが、本気で制止の〝命令〟を下す前に、フウタは言い切る。

「だから、一回ちゃんとしよう」

打てば響く、楽しいメイドの会話劇はここにはない。虚を衝《つ》かれたのか、ぽけっとしたコローナの表情と、そして感情を押し殺しているような下がり眉のライラックの顔が、フウタの前にあった。その間を、馬鹿みたいに明るい音楽だけが満たしていく。

「……フウタ様っ」

「ん？」

「メイド、おまけでも十分だったのにさ」

「うん」

　どうやら本当に、『貴女は所詮おまけです』を信じていたらしいコローナ。

　それでも嬉《うれ》しかったからこその、先ほどの反応だったのだろう。けれど、コローナの視線の先に居るライラックの反応に、彼女も少し緊張したように口元をきゅっとして。

「困っちゃった。だってあれ、本気の反応じゃん」

「そうだよ」

「フウタ様に迷惑かけたから反省しろって、そういうのじゃ、ないよ?」

「ないよ」

「そかー。……さよかー」

　上の空で、珍しくぼうっとしたコローナの言葉。その横でフウタは一人納得した。

　だから、フウタにだけ泣きながら謝ったのだと。ライラックは本当におまけ程度で助けてくれて、フウタに迷惑をかけたから怒っていたのだと思い込んでいたのだろう。

　たったそれだけでも、自分に向けられた気持ちが嬉しかったと感じられたのに。

　実はその何倍も想《おも》って貰《もら》えていたとしたら。

「……フウタ。貴方にどう見えたのかは知りませんが、わたしは彼女にそこまで心を許した覚えはありません」

ゆるゆると首を振って、ライラックは立ち上がったままフウタを見据えた。

テーブルについたままの両手が、かすかに指先を震わせる。それは屈辱か、それとも。

「ライラック様。俺から、コローナに心を許せなんて言いません。でも、コローナの為《ため》に頑張ってくれたことを、隠す必要は無いと思うんです」

「それは違う。わたしが見せた感情は即《すなわ》ち、誰かにとっての付け入る隙になる。〝契約〟も尽きたままの状態でそんな迂闊《うかつ》なことを」

「ライラック様。俺は──」

フウタに、気の利《き》いた台詞《せりふ》など言えない。そして今何と言うべきかもわからなかった。

──実際。フウタが何と言ったところで変わりはしないのだ。フウタとライラックのことだから、あの夜は実を結んだだけ。たとえどんなに絆《きずな》を結んだ相手であったとしても。

信頼する人間にとっての信頼する人間が、信頼に値するかどうかなど分からないのだ。

そして、信を置くということが、彼女にとってどれほど難儀なことか。

物心ついてから、たった三月前まで一人も味方が居なかった人間に、簡単に人の輪を広げられるはずがないのだ。人間の心は、そううまくは出来ていない。

それはフウタには分からないし。ライラックにも分からない。そしてもちろん、二人に分からないことがこの場に居るもう一人に分かるはずもない。──けれど。

「めいどー‼　姫様のことー、好きー‼」

分かる分からないなんて、関係ない。フウタのお膳立てが無かったら、この場所まで押し上げられなかった二人だけれど。だからこそ、ここからは自分たちでどうにかしなければ、進むことなど出来はしないのだ。人間の心は、幾ら信頼する人間の口添えがあったからといって、ほいほい誰かに靡《なび》くことはない。

ないけれど。

その人の想いを伝って、互いの真実を知ることくらいは、出来るのだ。

ぱたぱたと小鳥が羽ばたく。

呆気《あっけ》にとられたフウタと、驚いたように目を見開くライラック。

その二人の視線を一身に受けて、彼女はぺろりと舌を出した。

「やだ、そんなに見ないでっ。照れるっ」

にこにこと、いつも通りの笑みを崩さずに。

「姫様が何考えてんのかなんてわっかんないけどさ。メイドは、姫様のこと、好きですよっ。ぽいされなくて良かったーって、ほんとに思った」

ぽいというのは、録術の小箱のことだろう。

正しくはぽいではなく、全部聞き終えたあとにバキャッて感じなのだが、そこはそれ。

「信じて貰えるかも分かんないですけど。でも、ほんと」

「……どうして、急に」

「なんだろ。欲張った方が良《い》いかなって思った！」

その一言は、自然に漏れ出たものではなかった。

欲張るも何も。元来彼女には欲などというものが存在しなかった。

だから、未《いま》だに〝欲張る〟という意味が、判然としないきらいはある。

けれど欲しいなと思ったものを欲しいと言うのが欲ならば。

自分の命と天秤《てんびん》にかけて、相手を取るくらいの相手からもしも信頼がもらえるなら。

それは彼女の、精一杯の欲張りだ。

「……貴女」

今度こそ感情の行き場をなくしたライラックの表情が泣きだしそうなくらいに歪《ゆが》んだ。

信頼を預けるなど許されない。

それは決して単なる我儘《わがまま》ではなく、自らの命に関わればこそ。

だというのに。どうして急に、この数月だけで二度も。

「ね、姫様」

見つめる先の少女が微笑《ほほえ》む。

「――あったよ、可能性」

その一言と、満面の笑みが、答えだった。

『ぷっ。あははっ。可能性、可能性、可能性！　そんなもの――この十と余年、どこにもありませんでしたよっ？』

けたけたと、届かないものを遠ざけて空虚な笑い声を響かせていた少女は、今。

「まだいまいち、何がどう〝それ〟なのか分かんない。分かんないことだらけ。でも、ちょっと今、死にたくない」

胸元にそっと手を当てて、嬉しそうに言葉を紡《つむ》ぐ。

「それを知れたのは多分、貴女が拾ってくれたから。だから、ありがと。助けてくれて」

普段のおふざけとも、諦めた儚《はかな》げなものとも違う、慈愛の笑顔。

「メイド結構、姫様のこと、好きですよ」

ぺろりんっ、と彼女は微笑んで。

フウタは張っていた緊張の糸が緩んだように、肩に入っていた力が抜けた。

「……十と余年、どこにもなかったもの……ですか」

呟《つぶや》き、彼女は目を伏せる。少し考えるように唇を撫《な》でて、ぎゅっと目元を押さえ込むように瞳を閉じて。改めて二人を見る表情は、いつも通りの王女殿下。

「信じるに値するか、試すくらいは……いいでしょう」

その言葉に、フウタとコローナは顔を見合わせて、笑う。

「素直じゃないなあ、姫様ったらぁ！」

「素直になるほどの友誼《ゆうぎ》を結んだ覚えは、ありませんからね」

そっと髪を耳にかける、澄まし顔の少女に。

フウタはふと思いつく。

「〝契約〟、まだ二人の間で結んでいないんですよね」

その一言で、どうやら二人も察したらしい。

目を見開く彼女に、もう一人の少女は楽しそうに、謡《うた》うように。

「じゃあ——結んでみる？」

〝契約〟じゃなくて。友誼、だけどっ。

富士見ファンタジア文庫

たとえば俺《おれ》が、チャンピオンから
王女《おうじょ》のヒモにジョブチェンジしたとして。2

令和2年10月20日　初版発行

著者――藍藤《あいふじ》　唯《ゆう》

発行者――青柳昌行

発　行――株式会社KADOKAWA
〒102-8177
東京都千代田区富士見2-13-3
0570-002-301（ナビダイヤル）

印刷所――株式会社暁印刷

製本所――株式会社ビルディング・ブックセンター

ISBN978-4-04-073745-4 C0193 ◇◇◇

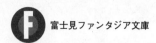

切り拓け！キミだけの王道
ファンタジア大賞
原稿募集中！
賞金
《大賞》300万円
《金賞》50万円
《銀賞》30万円
選考委員
細音啓 「キミと僕の最後の戦場、あるいは世界が始まる聖戦」
橘公司 「デート・ア・ライブ」
羊太郎 「ロクでなし魔術講師と禁忌教典《アカシックレコード》」
ファンタジア文庫編集長
前期締切 8月末日
後期締切 2月末日
公式サイトはこちら！ https://www.fantasiataisho.com/
イラスト／つなこ、猫鍋蒼、三嶋くろね